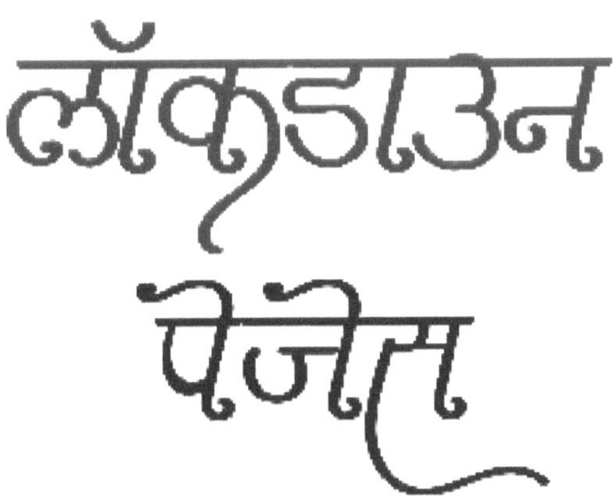

लॉकडाउन पेजेस

सत्यम प्रेम

रेडग्रैब बुक्स प्राइवेट लिमिटेड

942, मुट्ठीगंज, प्रयागराज-3 उत्तर प्रदेश, भारत

वेबसाइट - www.redgrabbooks.com

मेल - contact@redgrabbooks.com

प्रथम संस्करण रेडग्रैब बुक्स प्राइवेट लिमिटेड द्वारा 2021 में प्रकाशित

सर्वाधिकार टेक्सट : सत्यम कपूर 2021

सर्वाधिकार सुरक्षित : रेडग्रैब बुक्स प्राइवेट लिमिटेड 2021

कवर व टाइप सेटिंग : रेडग्रैब बुक्स आर्ट्स

ISBN : 978-93-90944-19-4

यह उपन्यास उन सभी हुतात्माओं को समर्पित
जिन्होंने इस वैश्विक महामारी से लड़ते हुए अपना
जीवन खोया।

भूमिका

विश्व में कोरोना महामारी लॉकडाउन का दौर ले कर आयी। इतिहास में यह वैश्विक लॉकडाउन अलग-अलग कारणों से याद किया जायेगा। लाखों लोगों ने अपना रोज़गार खोया, अपना आत्मसम्मान खोया और कइयों ने अपने प्रियजनों को खोया। इस महामारी के समक्ष बड़े से बड़े ताक़तवर देश, बड़ी से बड़ी परमाणु ताक़तें लाचार दिखीं। कभी न बंद होने वाले मंदिर, मस्जिद, गुरुद्वारे, चर्च को अपने दरवाज़े बंद करने पड़े। इससे पूर्व ऐसा दौर 1920 के 'स्पेनिश फ़्लू' के दौरान आया था और आज 100 वर्ष पश्चात उस दौर की पुनरावृत्ति हुई है।

लॉकडाउन पर क़िस्से, कहानियाँ और कविताएँ भी ख़ूब-ख़ूब लिखी गयीं, आख़िर इस विचलित करने वाले समय में लेखकों का संवेदनशील वर्ग अप्रभावित कैसे रह सकता है। ऐसी ही एक कहानी लेकर मैं आपके समक्ष प्रस्तुत हूँ। लॉकडाउन पेजेस कहानी है 'सोमेश' और 'क्रिस्टीन' की, जिनका बँध सम्बंध सामाजिक दृष्टि से बेमेल है। पर कहते हैं ना कि समाज के बनाये हुए नियम मनुष्य की मूल प्रकृति पर लागू नहीं होते। लॉकडाउन काल में अपनी कहानी को सोमेश अपनी ज़ुबान से सुना रहा है। यह कहानी इतनी गहराई से लिखी गयी है कि कहानी के साथ यात्रा करते-करते आपको इसके पात्र जीवंत होते प्रतीत होंगे। आप सोमेश के सौम्य व्यक्तित्व, क्रिस्टीन का चुलबुल स्वभाव, एंजेलीना का अल्लहड़पन, अर्चना का पारंपरिक पति प्रेम अपने हृदय में महसूस कर सकते हैं।

एक लेखक के रूप में यह मेरी पाँचवीं किताब है और मुझे विश्वास है कि जिस तरह मेरी पूर्व किताबों को आपका प्रेम मिला है, इस किताब को भी आपका भरपूर प्रेम मिलेगा। मैं आशा करता हूँ कि कभी किसी रोज़ इस उपन्यास को वेब

सीरीज़ में परिणत किया जायेगा और वो क्षण मेरे लिए गर्व का होगा।
इस विषय में आपका कोई भी विचार महत्वपूर्ण है।

अनुक्रम

1

संसार रुक-सा गया है। कभी सपने में भी नहीं सोचा था कि ऐसा समय भी देखना पड़ेगा। ऑफ़िस आते-जाते समय मुझे हमेशा ट्रैफ़िक की शिकायत रहती थी पर अब सूनी सड़कें देखकर मन घबराता है। किसी हॉलीवुड फ़िल्म का सीन याद आता है जिसमें वायरस संक्रमण के कारण दुनिया का एक बड़ा हिस्सा नष्ट हो गया है और फ़िल्म का नायक सूनी सड़क पर कार चलाता चला जा रहा है। इस समय मैं भी ऑफ़िस से लौटते हुए वैसा ही महसूस कर रहा हूँ। मैं बहुत कोशिश करता हूँ पर मुझे उस फ़िल्म का नाम याद नहीं आ रहा है। बहुत समय हो गया फ़िल्म देखे हुए पर फ़िल्म देखते हुए जो भाव मेरे मन में उमड़े थे वो पुनः जीवित हो रहे हैं। शायद 7-8 साल हो गये गये फ़िल्म देखे हुए, सिनेमा हाल में क्रिस्टीन के साथ देखी थी। उसे बहुत शौक़ था इस तरह की मूवी देखने का। क्रिस्टीन मेरी कौन थी, इसका जैसे-जैसे कहानी आगे बढ़े आप अपने हिसाब से अंदाज़ा लगा सकते हैं।

इधर माँ कह रही है कि ज़रूर कोई बात है कि भगवान ने अपने दरवाज़े बंद कर लिये, भगवान ने पूजा लेने से मना कर दिया है। मैं उनको समझाता हूँ कि सरकार ने एहतियातन भीड़-भाड़ न लगे इसीलिये सभी मंदिर, मस्जिद, चर्च, गुरूद्वारे बन्द कर दिये हैं और ऐसा सभी देश कर रहे हैं। पर माँ नहीं मानती वो कहती है कि ज़रूर मनुष्य से कोई भूल हुई है जिससे रुष्ट होकर भगवान ने पूजा लेने से मना कर दिया। मैं कुछ नहीं बोलता, चुप हो जाता हूँ। माँ की बातों से मुझे क्रिस्टीन याद आती है, उसकी भी भगवान में बड़ी आस्था थी। कुछ भी हो वो हर संडे चर्च ज़रूर जाया करती थी। एक दिन मुझे भी ले गयी, मैं उसे आँख बंद करके, हाथ जोड़ कर प्रेयर करते हुए देखता, क्रॉस को चूमते हुए देखता। मैं निरा नास्तिक होकर भी उसकी आस्तिकता का क़ायल था। शायद इसलिए कि मेरी

नास्तिकता इतनी मज़बूत नहीं थी, जितनी उसकी आस्तिकता।

जब से क्रिस्टीन का पीटर से तलाक़ हुआ था वो एक स्कूल में पढ़ाकर अपना जीवन-यापन कर रही थी। वो संयोग से मेरे बग़ल बग़ल के कमरे में ही रहती थी। एक बड़े-से घर में कई कमरे कटे हुए थे, जिन्हें किराये पर उठाने के उद्देश्य से ही बनवाया गया था। सभी किरायेदारों के लिए ताज़ा पानी भरने के लिए एक कॉमन नल था। सप्लाई का पानी आने का समय सुबह 6 से 7 बजे का था। कई बार पानी भरते हुए मेरी उसकी मुलाक़ात होती। सुबह पौने छः छः बजे से ही कई किरायेदार नल के आगे लाइन लगाकर खड़े हो जाया करते। मैं कई बार उसके आगे खड़े होने के बाद भी उसको पहले पानी भर लेने दिया करता क्योंकि मेरी बैंक की ड्यूटी 10 बजे से थी और उसका स्कूल सुबह 7 बजे से। शुरू-शुरू में हम दोनों में 'नमस्ते' होती थी फिर बस एक -दूसरे को देखकर मुस्कराने लगे। मैंने कभी उसकी उम्र पूछी नहीं पर मुझे अंदाज़ा था कि वो मुझसे कम से कम दस साल बड़ी होगी। ये बात और भी पक्की हो गयी जब उसका खाता मेरे ही बैंक में खुलने आया। मैंने देखा उसकी डेट ऑफ़ बर्थ 1974 है और मेरी 1984 है। सेंट मैरी स्कूल, जिसमें वो पढ़ाती थी, उस स्कूल के सभी टीचरों की सैलरी हमारे ही बैंक से निर्गत होती थी। इसी सिलसिले में उसका खाता खुलने हमारे बैंक में आया था।

मोबाइल फ़ोन की घण्टी बजने के साथ ही मेरी विचार-शृंखला टूटती है और मैं अतीत से वर्तमान में आ जाता हूँ।

"कहाँ हो?" फ़ोन पत्नी का था

"बस घर पहुँच रहा" मैंने पत्नी को बताया

"पूरी दुनिया लॉकडाउन है और तुम्हें बुला लिया गया"

"क्या करें बैंकिंग, एसेंशियल सर्विस में आती है। जाना तो पड़ेगा ही। बस घर पहुँच रहा"

"जल्दी आओ...और सुनो जूते बाहर ही उतार देना और बाहर डिटोल लिक्विड रखा है। हाथ धो कर आना"

"अच्छा"

अर्चना की तरह क्रिस्टीन को भी साफ़-सफ़ाई बहुत पसंद थी। एक बार

लॉकडाउन पेजेस

कुछ काम से मेरे कमरे में आयी थी तो चारों तरफ़ नज़र घुमाकर देखा। मैं समझ रहा था कि वो मेरे कमरे में लगे जालों को देख रही है। मुझे ऐसा लग रहा था कि मेरी चोरी पकड़ी जा रही है। मेरे बेड पर पड़ा चादर इतना गंदा था कि मैंने उसे अंदर आने को नहीं कहा।

"छी तुम कैसे रहते हो इतने गन्दे में" अंत में उससे रहा नहीं गया और कह दिया। मैं बस हमेशा की तरह मुस्करा दिया।

"कल तुम अपने कमरे की चाबी मुझे दे जाना। मैं साफ़ कर दूँगी। कल मेरे स्कूल की छुट्टी है"

"आप परेशान मत हो। मैं किसी को बोलकर करवा दूँगा"

"ज़्यादा फ़ॉर्मल होने की ज़रूरत नहीं है। कल जाने से पहले चाबी दे जाना"

"अच्छा" मैंने कहकर पीछा छुड़ाया और सोचा कि कल चुपके से निकल लूँगा, बाद में पूछेगी तो बोल दूँगा कि भूल गया। मेरे कमरे में कुछ पत्र-पत्रिकाएँ ऐसी थीं जो मैं नहीं चाहता था कि क्रिस्टीन के हाथ लगें।

सुबह जब मैं बैंक के लिए निकल रहा था तो मैंने इतने धीरे से दरवाज़ा बंद किया कि किसी को पता न चले पर उसकी निगाह पहले से ही मुझ पर थी। मैं ताला लगाकर निकला ही था कि पीछे से उसने आवाज़ लगायी।

"सोमेश, चाबी दे जाओ" उसने साधिकार कहा तो मैं मना नहीं कर पाया।

"आप क्यों परेशान होगी" मैंने आख़िरी कोशिश करनी चाही

"जाओ" उसने मुझसे चाबी छीनते हुए कहा

अचानक ड्राईवर ने कार में ब्रेक लगाया तो मेरी विचार-शृंखला फिर टूटी। मैंने देखा घर आ गया था। घर की छत से ही अर्चना चिल्लाती है" जूते बाहर उतार देना और डिटोल से हाथ धोकर आना"

"अच्छा"

2

देर रात को मेरी नींद घबराहट के कारण खुल जाती है। घड़ी रात का दो बजा रही है। मैं उठकर चार्जिंग में लगा हुआ अपना मोबाइल फ़ोन चेक करता हूँ। मैं 'वर्ल्ड हेल्थ ऑर्गेनाइजेशन' की वेबसाइट पर जाकर चेक करता हूँ की कोरोना के मरीज़ों की संख्या 4 लाख के पार हो गयी है और मरने वालों की संख्या 14000 के पार हो गयी है। मेरी आँखों से नींद नदारद हो चुकी है पर घबराहट अभी भी बनी हुई है। थोड़ी देर टहलने के बाद मैं अब सामान्य महसूस करता हूँ।

मैं वापस बिस्तर पर लेटकर आँख बंद करता हूँ तो उस दिन का दृश्य मेरे आँखों के सामने सजीव हो उठता है। मैं उस दिन घर देर से पहुँचा था। अपने कमरे के सामने पहुँचकर जैसे ही मैंने चाबी के लिए जेब में हाथ डाला, मुझे ध्यान आया कि चाबी क्रिस्टीन के पास होगी। क्रिस्टीन का दरवाज़ा बंद था, अंदर लाइट जल रही थी। मैंने दरवाज़े को हल्के से नॉक किया। इतने हल्के से की अगल-बग़ल वाले किरायेदारों तक आवाज़ न पहुँचे। क्रिस्टीन चाबी के साथ निकलकर आती है।

"सोमेश, आज बहुत देर कर दी?"

"हाँ! थोड़ा काम फँस गया था"

क्रिस्टीन अपनी आँखें मुझ पर गडा देती है जैसे मुझमें कुछ खोज रही है। मुझे समझ में नहीं आता कि वो ऐसे क्यों देख रही है? उसकी वो निगाहें आज भी मेरा पीछा करती हैं।

"अपने कमरे को पहचान लोगे न?" वो चाबी आगे बढ़ाते हुए मुझसे चुहल करती है।

 लॉकडाउन पेजेस

मैं बस हमेशा की तरह मुस्करा कर चाबी ले लेता हूँ। अपने कमरे में आकर पाता हूँ कि कमरे के जाले साफ़ हो गये हैं, बेड पर नया चादर बिछा हुआ है। पुराना चादर जिसमें मेरे अकेलेपन के गवाह कई दाग़ थे, वो अपने साथ ही ले गयी थी और उसकी जगह अपना नया चादर बिछा दिया है। जो पत्र-पत्रिकाएँ मैं उससे छुपाना चाहता था वो एक जगह क़रीने से लगी हुई थीं। मुझे थोड़ी शर्म भी महसूस होती है। मैंने बाथरूम में झाँक कर देखा वो भी चमक रहा था। शायद कॉलोनी में आने वाली राधा माई से उसने सफ़ाई करवाई होगी।

"क्या ज़रूरत थी उसे ये सब करने की?" मैं सोचता हूँ और फिर मन ही मन मुस्करा देता हूँ

"टन्न" किचन में एक बर्तन गिरने की आवाज़ से मेरी आँख खुलती है और मैं अतीत से वर्तमान में आ जाता हूँ। मैं किचन जा कर देखता हूँ, शायद कोई चूहा होगा जो बर्तन गिरा गया है। बाहर बालकनी में झाँक कर देखता हूँ, सब जगह मरघट-सा सन्नाटा पसरा हुआ है। मेरा घर हाईवे किनारे है जहाँ रात भर ट्रकों के चलने की आवाज़ आती रहती है। पर आज मरघट से भी ज़्यादा शांति है। रह-रह के किसी उल्लू की आवाज़ शांति को भंग करती है जिससे शांति भंग होने की जगह और भी गहरा जाती है। क्या माँ सही कह रही है कि इंसानों से कोई बड़ी भूल हुई है जिससे भगवान ने पूजा लेने से मना कर दिया है?

आज की तरह उस रात भी मैं क्रिस्टीन के बारे में ही सोचता रहा था। युवा मन के स्वप्न और अंग कहाँ बस में होते हैं! सुबह जब वो मुझे पानी वाली लाइन में मिली तो मैंने बिना कुछ बोले उसके लिए रास्ता छोड़ दिया। उसके प्रति मेरे मन में जिस तरह के भाव पैदा हो गये थे, उससे मेरा मन अपराध बोध से ग्रसित हो गया था। मैं उससे नज़र नहीं मिलाना चाहता था। उसको ज़रूर मेरा व्यवहार कुछ अटपटा लगा होगा। उसने उस समय कुछ नहीं कहा। कहते हैं औरतों की छठी इंद्री इस मामले में बहुत तेज़ होती है, वो तुरंत पर-पुरुषों का अपने प्रति भाव पहचान लेती हैं। सुबह ऑफ़िस के लिए निकलने से पहले मेरे कमरे पर दस्तक हुई। मैंने झाँक कर देखा क्रिस्टीन ही थी।

"ये लो तुम्हारा चादर। मैंने धो दिया" वो मेरा पुराना चादर हाथ में लिये खड़ी थी।

"धन्यवाद। आपको बहुत तकलीफ़ उठानी पड़ी" मैंने औपचारिकता के

सम्पुट में लिपटे हुए शब्द कहे तो उसने नज़रें टेढ़ी करके मेरी ओर ऐसे देखा जैसे मेरा यह कहना उसे नागवार गुज़रा। वो कुछ समय तक मुझे देखती रही फिर एक कुटिल मुस्कान मेरी तरफ़ फेक कर चली गयी। कुछ रिश्ते ऐसे होते हैं जहाँ औपचारिकता की कोई गुंजाइश नहीं होती, जैसे मेरी पत्नी अगर मेरे लिए कुछ करे और मैं उसे धन्यवाद दूँ तो यह अस्वाभाविक होगा। शायद मेरा औपचारिकता से पेश आना क्रिस्टीन को अच्छा नहीं लगा जो कि उसने अपने हाव-भाव से ज़ाहिर कर दिया था। उस दिन के बाद हमारे रिश्ते में बर्फ़ जम गगयी थी।

अगले दिन पानी वाली लाइन में मैंने उसे अपने आगे लगा हुआ पाया। जबकि होता अक्सर यह था कि मैं पहले लाइन में लगकर उसके लिए जगह रख लेता था। हमारी नज़रें मिलीं तो उसने नज़र फेर लीं। मुझे उस समय समझ ही न आया कि आख़िर मुझसे क्या ख़ता हो गयी है। स्त्री की ख़ामोशी विचलित करने वाली होती है। सो अब मेरा मन बेचैन था क्रिस्टीन से बात करने के लिए। ख़ैर कुछ दिन तक ऐसा ही चला, वो रोज़ सुबह मुझसे पहले ही पानी वाली लाइन में लग जाती जिससे कि हमारी मुलाक़ात न हो सके। अगर कभी हमारा सामना भी होता तो वो नज़रें फेर कर निकल जाती।

मेरे चेहरे पर एक पानी की बूँद पड़ने से मेरा ध्यान टूटता है। मुझे एहसास होता है कि मैं बालकनी पर खड़ा हूँ और बारिश हो रही है। मैं बालकनी से उठकर वापस अपने कमरे में आ जाता हूँ। एक नज़र सोती हुई अर्चना पर डालता हूँ और एक नज़र टिक-टिक करती घड़ी पर। घड़ी सुबह का चार बजा रही है। कल फिर ऑफ़िस के लिए निकलना है। थोड़ा सो लेना ही उचित होगा।

 लॉकडाउन पेजेस

3

पाठक पूछ रहे हैं कि आपने क्रिस्टीन का रूप चित्रण तो किया ही नहीं, यानी कैसी दिखती थी वो, सुंदर थी?, साधारण थी?, या कुरूप थी? क्रिस्टीन बिल्कुल साधारण रंग रूप की महिला थी पर उसकी शख़्सियत में एक कशिश थी। शरीर से दुबली-पतली, लम्बा चेहरा, सांवला रँग। उसके चेहरे पर प्रायः एक ही भाव रहते थे। ख़ैर वो मेरी क्रिस्टीन थी पर आप लोग अपने-अपने मन में अपनी-अपनी क्रिस्टीन के बारे में सोच सकते हैं क्योंकि ऐसा तो हो नहीं सकता कि मेरे इलावा किसी के जीवन में कोई क्रिस्टीन न आयी हो।

आज सुबह मुझे झकझोर कर जगाया गया।

"सारी दुनिया बन्द है इन्हीं को ऑफ़िस जाने की पड़ी" अर्चना के झुँझलाहट भरे स्वर मेरे कानों में पड़े।

"अरे तो मुझे कोई शौक़ थोड़े ही है...मजबूरी है"

आज लॉकडाउन का तीसरा दिन है पर मुझे रोज़ की तरह ऑफ़िस जाना है। मन में थोड़ी झुँझलाहट है पर नौकरी पक्की होने का सुरक्षा भाव भी मन में है। मैंने उठते ही अपने मोबाइल पर निगाह मारी- सुबह 8.30 बजे थे। आज तो सच में बहुत देर हो गयी। आनन-फ़ानन में मैंने डब्लू.एच.ओ. की वेबसाइट जाकर चेक किया। विश्व में बीमारों का आंकड़ा बढ़कर साढ़े 4 लाख हो गया था और मरने वालों की संख्या 14000। जिसमें सबसे अधिक चीन और फिर इटली में हैं। इटली इस बीमारी का नया केंद्र बनता जा रहा है। भारत में यह आंकड़ा कुछ 400 लोगों का है और मरने वालों की संख्या मात्र 8 है। अगर भारत के हिसाब से देखा जाये तो मामला इतना गम्भीर नहीं लगता।

"सब्ज़ी वाला...ताज़ी सब्ज़ी वाला" गली में सब्ज़ी वाले की आवाज़ गूँजती

है तो अर्चना मुझसे सब्ज़ी लेने के लिए बोलती है।

"क्या बात है …तुमको पुलिस वालों ने रोका नही" मैं सब्ज़ी वाले से सब्ज़ी लेते हुए पूछता हूँ।

"रोका था साहब…पर मैंने उनसे कहा कि आप मेरे घर चलकर देखिये तीन दिन से आटा नहीं है घर में, फिर पुलिस ने छोड़ दिया।" मैं उसकी बातों से विचलित होकर कुछ ग़ैर-ज़रूरी सब्ज़ियाँ भी ले लेता हूँ।

"तुम्हें पहले कभी यहाँ देखा नहीं?" मैं उसको पैसे देते हुए पूछता हूँ

"पहले मैं हनुमान मंदिर के पास छोले-भटूरे का ठेला लगाता था। लॉकडाउन के बाद नया तराज़ू लाया और मंडी से जाकर सब्ज़ी लाया। अब पेट चलाने के लिए कुछ तो करना है न"

सब्ज़ी वाला चला गया पर मेरा मन विषाद से भर गया। जाने ऐसे कितने लोगों का रोज़गार पर असर पड़ा होगा।

ऑफ़िस के रास्ते की सूनसान सड़कें मुझे फिर क्रिस्टीन के ख़यालों में ले जाती हैं। कुछ दिनों तक हम दोनों में कोल्ड-वॉर चला फिर मैंने ही बातचीत शुरू करने की ठानी। एक दिन वो मुझे सब्ज़ी मार्केट में मिली। चार तरह की सब्ज़ियाँ, चार तरह के झोले में लिये हुए वो उसे सँभालने की कोशिश कर रही थी।

"मैं कुछ मदद करूँ" मैंने बातचीत शुरू करने के लिहाज़ से पूछा

"हाँ कर दो फिर बाद में मैं भी कह दूँगी की मेरी वजह से आपको बहुत तकलीफ़ उठानी पड़ी" कहते हुए उसने दो झोले पकड़ा दिये। उसकी आवाज़ में तुनक स्पष्ट झलक रही थी।

"तुमको उस बात का इतना बुरा क्यों लगा? उसमें बुरा लगने जैसा कुछ था नही" हम चलते-चलते बात कर रहे थे। उसने फिर से अपनी नज़रें मेरे ऊपर गडा दीं तो मैं असहज महसूस करने लगा।

"बताओ" मैंने फिर पूछा

"हर बात बोलकर बताना ज़रूरी नहीं होता है सोमेश" कहते हुए उसने मुँह दूसरी और फेर लिया।

"अरे तो जैसे बताना हो वैसे बता दो पर ये मनहूस वाला चेहरा मेरे सामने से हटाओ" मैंने झुँझलाकर कहा तो वो हँस दी।

"तो फिर चलो मेरे साथ"

"कहाँ?"

"चलो तुमको चाय पिलाती हूँ"

"अरे तुम चाहो तो ज़हर पिला दो पर आज के बाद ये मनहूस वाला चेहरा मेरे सामने मत दिखाना"

मैंने कहा तो वो ज़ोर से हँसी। बात करते-करते हम अपने घर आ गये थे। जैसा कि तय हुआ था, उसने मुझे चाय के लिए आमंत्रित किया। चाय की चुस्कियों के साथ हम एक दूसरे से नज़रें मिलाते रहे और हटाते रहे। चाय की गर्मी में हमारे रिश्ते पर जमी बर्फ़ पिघल गयी थी। मुझे आज तक यह समझ में नहीं आया कि क्रिस्टीन मुझसे किस बात पर नाराज़ हुई थी। आप लोगों को समझ आये तो अवश्य बताइयेगा।

ड्राइवर ने ब्रेक लगाकर गाडी रोकी तो मैंने स्वयं को अपने ऑफ़िस के सामने पाया। एक पल में वो पुराना शहर, क्रिस्टीन, चाय की प्याली सब हवा हो गया था। मैंने गाडी से उतरकर अपने चेहरे पर मास्क ठीक किया और ऑफ़िस की ओर बढ़ गया।

4

रात कितनी भी भयावह और काली हो, सवेरा होता अवश्य है। ये कोरोना संकट की रात भी कट जायेगी और विश्व को दे जायेगी एक निर्मल प्रकृति, एक नयी मनुष्यता, एक नयी सोच। विश्व के सारे देश हथियार बनाते रहे और आज विश्व दवाइयों और वेंटीलेटर की कमी से जूझ रहा है। रह-रहकर माँ के कहे हुए शब्द मेरे कानों में गूँजते हैं "ज़रूर इंसान से कोई भूल हुई है कि भगवान ने पूजा लेने से इंकार कर दिया है" मैंने कहीं पढ़ा था कि जितना पूजा जाये देवता उतने प्रबल होते हैं पर आज जब दुनिया भर के देव स्थान बन्द हैं और देवताओं को वांछित पूजा नहीं मिल पा रही है तो क्या देवता कमज़ोर हो रहे हैं? क्या विश्व में आसुरी शक्तियों का प्रादुर्भाव बढ़ जायेगा? मेरा मन इन बातों को मानने का नहीं करता पर विश्व के हालात को देखते हुए मैं इन बातों को दरकिनार भी नहीं कर पा रहा हूँ। बताइये विश्व में सैकड़ों धर्मगुरु, ज्योतिर्विद, और भविष्यवक्ता हैं पर किसी एक ने भी ये भविष्यवाणी नहीं की 2020 में विश्व इस संकट से गुज़रने वाला है।

दिन भर की थकान के बाद नींद के झोंके मुझे फिर क्रिस्टीन के पास ले जाते हैं। मैं स्वयं को अपने पुराने शहर के कमरे में पाता हूँ। रात का एक बजा है पर मैं देख रहा हूँ कि क्रिस्टीन के कमरे की लाइट जल रही है। मुझे ये बड़ा विचित्र-सा लगता है। थोड़ा ध्यान लगाकर सुनने पर मुझे क्रिस्टीन के कमरे से किसी पुरुष की आवाज़ सुनायी देती है। मेरी धमनियों में रक्त प्रवाह तेज़ हो जाता है। मन सैकड़ों सवालों से भर जाता है। कौन है ये आदमी? इतनी रात को क्रिस्टीन के कमरे में क्या कर रहा है? मुझे क्रिस्टीन पर बहुत रोष आता है। अचानक ही वो मुझे धोखेबाज़ लगने लगती है। मेरी आँखों से नींद नदारद हो चुकी थी। मेरे कान दीवार पर ही लगे हुए थे। मैं क्रिस्टीन के कमरे से आती आवाज़ों को सुनने

का प्रयास कर रहा था पर कुछ भी स्पष्ट नहीं हो रहा था। अधीर मन से मैं करवटें बदलने लगा। कुछ समय बाद मुझे क्रिस्टीन के कमरे का दरवाज़ा खुलने की आवाज़ सुनायी दी। मैंने आहिस्ता-से खिड़की खोलकर झाँक कर देखा- दरवाज़े पर खड़ी क्रिस्टीन सतर्कता-पूर्वक इधर-उधर निगाह दौड़ा रही थी। जब वो आश्वस्त हो गयी कि कोई उसे नहीं देख रहा है तो उसने इशारे से कमरे के भीतर से उस आदमी को निकल जाने को कहा। मैंने उस आदमी को घर के मुख्य द्वार से बाहर जाते हुए देखा। अँधेरे की वजह से उसका चेहरा स्पष्ट नहीं हो रहा था पर मैंने देखा वो नाटे क़द का, मध्यम उम्र का व्यक्ति था। उस आदमी के चले जाने के बाद क्रिस्टीन ने आहिस्ता-से दरवाज़ा बंद कर लिया और फिर कमरे की लाइट बुझ गयी। मैं छला हुआ अनुभव कर रहा था। उम्र के अनुरूप उस व्यक्ति और क्रिस्टीन को लेकर रात्रि-विचार मेरे मन को आंदोलित कर रहे थे। क्रिस्टीन की तरफ़ से मेरा मन क्षुब्ध हो गया था। अगली सुबह जब वो मुझे पानी वाली लाइन में मेरे पास आकर खड़ी हुई तो मैंने भावरहित चेहरे के साथ उसको एक नज़र देखा और फिर उसके लिए अपना स्थान छोड़ दिया।

“गुड मॉर्निंग” उसने मेरे कान में फुसफुसाया

“गुड मॉर्निंग” मेरा चेहरा अभी भी भावरहित था

“एवरीथिंग ओके?” उसने मेरा रवैया कुछ बदला हुआ जानकर पूछापूछा।

“यस” मैं बहुत प्रयत्न करके अपने चेहरे पर कोई विचार नहीं आने दे रहा था जबकि मुझे अंदर से क्रिस्टीन के ऊपर गुस्सा आ रहा था।

फिर पूरे समय हम शांत ही रहे। बीच-बीच में क्रिस्टीन मुड़कर मेरी तरफ़ देखती रही और मैं उसे इग्नोर करता रहा। वो पानी लेकर अपने कमरे में चली गयी और मैं अपने कमरे में आ गया।

“उठो खाना खा लो फिर सो जाना” अर्चना मुझे हिलाकर उठाती है तो मेरी नींद टूटती है।

“अरे बैठे-बैठे नींद लग गयी” मैं स्वयं को सँभालते हुए कहता हूँ।

“अरे क्या बड़-बड़ कर रहे थे नींद में?” अर्चना कहती है तो मुझे लगता है मेरी चोरी पकड़ी गयी

“क्या कर रहा था?” मैं डरते हुए पूछता हूँ

"पता नही, मैं कोई कान लगाकर सुन थोड़े ही रही थी" अर्चना के ये कहते ही मैं राहत की साँस लेता हूँ

"चलो खाना खाते हैं" मैं बात ख़त्म करने के लिहाज़ से कहता हूँ।

5

शाम को जब मैं ऑफ़िस से वापस आया तो माँ ने नाश्ता परोसते हुए कहा "पता है आश्रम वाली दीदी कह रही थीं की गुरु जी कह रहे थे की ये कोरोना कोई असुर है जिसने संसार में जन्म लिया है और इसके जन्म लेते ही भगवान और भक्त एक दूसरे से दूर हो गये"

"तुम इस समय आश्रम क्यों गयीं?" मैंने माँ की अन्य बातों पर ध्यान न देते हुए पूछा

"अरे मैं कहाँ गयीं थी आश्रम। फ़ोन आया था दीदी का" माँ के इतना कहते ही मैंने राहत की साँस ली

"तो क्या नाम है इस राक्षस का? कोरोनासुर?" मैंने माँ से मज़ाक़ करते हुए पूछा

"देखो तुम मज़ाक़ में मत लो मेरी बात को...दीदी कह रही थीं कि नाम जप से ही इस असुर की ताक़त को कम किया जा सकता है"

"अच्छा" मैं माँ से बहस नहीं करना चाहता था सो मैं उनसे सहमत हो गया।

वैसे सही ही है ये कोरोनासुर शनै-शनै एक ख़ासी आबादी को ग्रसता जा रहा है और मनुष्य इसके आगे बेबस है। चाय की चुस्कियों के साथ न्यूज़ चैनल देखते हुए मैं पाता हूँ की कोरोनासुर का आतंक लगातार बढ़ता जा रहा है। दुनिया में संक्रमित मरीज़ों का आंकड़ा 8 लाख और मृतकों की संख्या तीस हज़ार के पार हो रही है। इटली के बाद अब न्यूयॉर्क इस संक्रमण का नया केंद्र बनता जा रहा है।

उस दिन के बाद से क्रिस्टीन की तरफ़ से मेरा मन खिन्न हो गया। मैं मन

बदलने के लिए ऑफ़िस से एक सप्ताह की छुट्टी लेकर अपने पैतृक घर आ गया था। इस बीच क्रिस्टीन ने कहीं से मेरा मोबाइल नंबर लेकर मुझसे सम्पर्क किया।

"कहाँ चले गये सोमेश बाबू? जाने से पहले बताया भी नहीं?"

मन में तो आया उसे खरी-खोटी सुना दूँ पर मैंने अपने आप पर क़ाबू किया।

"हाँ थोड़ा ज़रूरी काम था इसीलिये निकल आया। सुबह जल्दी निकला था इसीलिए बता भी नहीं पाया"

"आजकल बड़े उखड़े-उखड़े रहतें हैं जनाब" उसे मेरी बेरुख़ीबेरुख़ी का एहसास हो गया था

"ऐसी बात नहीं है बस घर में थोड़ी समस्या है। मैं आकर बात करता हूँ" कहकर मैंने फ़ोन काट दिया। मुझे अपने व्यवहार पर ख़ुद आश्चर्य हो रहा था।

तीन दिन बाद फिर क्रिस्टीन का फ़ोन आया।

"अरे सोमेश बाबू कैसे हैं?"

"अच्छा हूँ। आप कैसी हो?" तब तक मेरा गुस्सा कुछ शांत हुआ था पर मेरा मन अभी भी क्रिसिटीन की तरफ़ से खिन्न ही था।

"आपके बिना कैसी हूँगी?" वो मुझसे फ़्लर्ट करने के मूड में थी।

"क्यों आपको मेरी क्या ज़रूरत?" मैंने ताने मारने के अंदाज़ में कहा। मेरे अंदर दबा हुआ गुबार अचानक बाहर निकल आया।

"हमें तो है, आपको हमारी हो न हो" उसने बिना विचलित हुए कहा

"नहीं आपको मेरी ज़रूरत नहीं है और मैं ये जानता हूँ" मैंने लगभग चिल्लाते हुए कहा

"क्या हुआ सोमेश किस बात पर नाराज़ हो" उसका स्वर धीमा पड़ गया था। अब मुझे उसके ऊपर तरस और अपने व्यवहार पर क्षोभ हो रहा था।

"सॉरी मुझे ऐसे बात नहीं करनी चाहिये" कहते हुए मेरा गला रुंध गया था।

"कोई बात नहीं, मैं समझती हूँ कि तुम मुझसे किसी बात पर नाराज़ हो। बताओ मुझे"

"मैंने उस दिन तुम्हारे कमरे से रात को ....." मैंने बात को अधूरा छोड़ दिया

"तुमने जो देखा था बिल्कुल सही था और तुम जो सोचकर मुझसे नाराज़ हो वो भी सही है पर मेरे जीवन के कुछ पन्ने ऐसे हैं जो तुम नहीं जानते। तुम्हारी ऐज में इस तरह फ़ील करना भी नॉर्मल ही है। तुम जब लौटकर आओगे तो मैं तुम्हें अपने बारे में बताऊँगी शायद तुम समझ पाओ" मुझे महसूस हुआ कि क्रिसिटीन का गला भी भारी हो रहा था।

उसने फ़ोन काट दिया था। किस अधिकार से मैं क्रिसिटीन से नाराज़ हो रहा था? उसकी अपनी ज़िन्दगी है। क्या वो मुझसे पूछ कर काम करेगी? मुझे अपने बर्ताव पर दुःख हो रहा था।

"अरे तीन बार पूछ चुकी हूँ....खाना लगाऊँ? जाने किस ख़याल में हो" अर्चना की तेज़ आवाज़ सुनते ही मेरा ध्यान भंग होता है

"अरे टी.वी. की आवाज़ में सुनायी नहीं दिया। लगाओ खाना"

6

कोरोनासुर लगातार बली लेता जा रहा है। अब तक विश्व के एक लाख लोग इसकी बली चढ़ चुके हैं। कारण कुछ भी हो पर भारत में इसका आतंक अभी उतना नहीं है। विश्व के अन्य देशों में ये असुर भयानक रूप ले चुका है। विश्व की समस्त परमाणु ताक़तें इसके समक्ष विवश नज़र आ रही हैं। कोरोनासुर का आतंक समाप्त होने के पश्चात भी इसका प्रभाव पूरी तरह से निष्क्रिय होने में ख़ासा समय लगेगा, इस बात में कोई संदेह नहीं। मैं कल्पना करता हूँ तो मेरे ज़ेहन में एक बड़े-से असुर की आकृति उभरती है जिसके विशालकाय मुख में शनै-शनै मानव जाति घुसती जा रही है। इस असुर को मारने वाला अस्त्र अभी किसी के पास नहीं है। इस असुर के समक्ष सभी परमाणु-अस्त्र निष्प्रभावी हैं। वैज्ञानिक रूपी ऋषि-मुनि वांछित अस्त्र प्राप्त करने के लिये अनुष्ठान-तप कर रहे हैं। मानव सभ्यता को वो अस्त्र अवश्य प्राप्त होगा जिससे इस असुर का नाश हो सके पर कब तक, ये कोई नहीं बता सकता। हाँ, अपने घर में रहकर हम इन ऋषि-मुनियों के यज्ञानुष्ठान में अपना सहयोग अवश्य दे सकते हैं।

चलिये अब मेरी कहानी की तरफ़ चलते हैं। उस दिन के बाद मेरा घर पर मन नहीं लगा। मन कर रहा था उड़कर क्रिस्टीन के पास पहुँच जाऊँ पर अभी छुट्टी ख़त्म होने के दो दिन शेष थे। मुझे उसके प्रति अपने व्यवहार पर भी बहुत क्षोभ हो रहा था। मैंने उसके मोबाइल पर 'सॉरी' का छोटा सा एस.एम. एस भेजा और उसके उत्तर की प्रतीक्षा करने लगा। बार-बार इसी उम्मीद में मोबाइल देखता कि शायद अब उसका उत्तर आया होगा पर शाम तक उसका कोई उत्तर नहीं आया। रात को उसने मेरे संदेश के प्रत्युत्तर में केवल हँसता हुआ स्माइली(इमोटिकॉन) बनाकर भेज दिया।

"सुबह से कहाँ थीं" मैंने साधिकार पूछापूछा

"अरे अभी मोबाइल देखा...आज स्कूल से लेट आना हुआ। बच्चों की टेस्ट कॉपी चेक करनी थी" उसका जवाब आया। मुझे पता था वो झूठ बोल रही थी। उसने सुबह ही मैसेज देख लिया था पर दिन भर इस असमंजस में रही कि क्या जवाब दिया जाये? या जवाब भी दिया जाये या नहीं।

"मैं सोच रहा था कि मुझे तुमसे ऐसा बर्ताव नहीं करना चाहिये था। आख़िर तुम्हारी अपनी लाइफ़ है ...." मैंने बात को अधूरा छोड़ दिया

काफ़ी समय तक उसका कोई जवाब नहीं आया। मुझे लगा अब जवाब नहीं आयेगा। मैं मोबाइल चार्ज पर लगाकर सोने जा रहा था तभी बीप-बीप की आवाज़ हुई। मैंने मोबाइल उठाकर देखा- क्रिसिटीन का मैसेज था "क्यों सोमेश बाबू बड़ी जल्दी पराया कर दिया हमको"

"ऐसा नहीं है, मुझे तुम्हारे प्रति व्यवहार पर ख़ुद क्षोभ हो रहा था"

"सोमेश हर काम को ब्लैक या वाइट में नहीं देखा जा सकता है। लाइफ़ के कुछ पेजेस 'ग्रे' होते हैं। ये बात समझने के लिए तुम्हारी उम्र अभी बहुत कम है"

"तुम बार-बार मेरी उम्र का हवाला क्यों देती हो...क्या तुम मुझे बच्चा समझती हो?" उसने उम्र का हवाला दिया तो मैं थोड़ा तुनक गया।

"बच्चे तो तुम हो...मेरे प्यारे बच्चे....हा हा हा"

हम रातभर चैटिंग करते रहे। रात तीन बजे जब मेरे भेजे हुए मेसेज का कोई जवाब नहीं आया तो मैं समझ गया कि उसकी आँख लग गयी है। सुबह 6 बजे जब उसका "गुड मॉर्निंग" का मैसेज आया तब मैं सो रहा था पर मोबाइल पर "बीप-बीप" की आवाज़ से मेरी नींद खुल गयी। मैंने उसकी गुड मॉर्निंग का जवाब भेजा तो वहाँ से जवाब आया "पता है आज मैं पानी वाली लाइन में सबसे पीछे लगी हूँ। तुम्हारी बहुत याद आ रही है!"

उसके इस सन्देश से मेरे स्नायुतन्त्र में रक्त का संचार तेज़ हो गया। मन उमंगों के ज्वार पर उतरने-चढ़ने लगा। मैं अपने घर आने के फ़ैसले पर अफ़सोस करने लगा।

मैंने पलटकर सन्देश भेजा "आज निभा लो, सोमवार को मैं आ जाऊँगा। तुम्हारे लिये जगह मैं सुरक्षित कर लूँगा!"

जवाब में सिर्फ़ उसने हँसता हुआ स्माइली भेजा।

"जाने क्या सोचकर मुस्कराये जा रहे हो..... तुम्हारा ध्यान किधर है?" अर्चना ने टोका तो मैं एक झटके में एक दुनिया से दूसरी दुनिया में आ गया। इस दुनिया में क्रिसिटीन नहीं थी।

"मैंने पूछा खाना लगाऊँ? दो बार पूछ चुकी हूँ पर तुम कोई जवाब ही नहीं दे रहे। आजकल तुम्हारा ध्यान कहाँ रहता है। मैं देख रही हूँ बड़े खोये-खोये से रहते हो" अर्चना बोल रही थी।

"ऐसा कुछ नहीं है। तुमको ऐसा लगता है। अच्छा बताओ खाने में क्या बना है?" मैंने बात सँभालते हुए कहा।

"आज तुम्हारा फ़ेवरिट छोला-चावल बना है"

"चलो खाना खाते हैं"

7

सबसे जटिल है मानव मन को समझना। मन पर इतनी परतें जमी होती हैं कि अगर परत-दर-परत खोलना शुरू कर दिया जाये तो हाथ में कुछ आता नहीं है। हाथ रीते ही रह जाते हैं। इसी जटिल मन की उपज है कोरोना रूपी असुर। मैं सोचता हूँ कि जब खाने के लिये पर्याप्त अन्न-फल हैं तो मनुष्य जानवर को क्यों खाता है? आख़िर माँस का तो कोई अपना स्वाद होता नहीं होगा स्वाद तो मसाले वग़ैरह का होता होगा। अगर वही मसाले आलू में डाल दिये जायें तो शायद वही स्वाद आलू में आने लगे। लेकिन ये सब मन की कोरी कल्पना है, क्योंकि मैंने कभी माँसाहार किया नहीं है इसीलिये मैं सही-सही बता पाने में असमर्थ हूँ। हालाँकि जो खाते हैं उनके मुँह से इसकी तारीफ़ सुनी है, और यह बात मैं भी मानता हूँ कि जब नॉनवेज बनता है तो उसकी ख़ुशख़ुशबू बहुत अच्छी आती है।

नॉनवेज की बातें मुझे मेरे पुराने शहर की याद दिला देती हैं। जिस घर में मैं रहता था वहाँ अक्सर नॉनवेज बनने की ख़ुशख़ुशबू आया करती थी। स्वयं क्रिसिटीन भी नॉनवेज की शौक़ीन थी।

"क्यों सोमेश बाबू...ऐसी क्या नाराज़गी हो गयी थी हमसे जो बिना बोले चल दिये?" उसने चाय का प्याला मेरी तरफ़ सरकाते हुए कहा। (मैं इस समय क्रिसिटीन के कमरे में हूँ)

"मैं पहले ही सॉरी बोल चुका हूँ। अब इस बात को ख़त्म करो"

"मैं तो ख़त्म कर दूँ पर जानती हूँ कि तुम्हारी तरफ़ से इतनी जल्दी ख़त्म नहीं होगी। इसीलिये जो पूछना हो पूछो।"

"कौन था वो?" मैंने तपाक से पूछा। कमरे में ख़ामोशी छा गयी। हमारी नज़रें मिलीं, फिर उसने बोलना शुरू किया।

“वो मैथ्यू था। लिली का हसबैंड”

हम फिर ख़ामोश हो गये। मेरी जिज्ञासा अभी पूरी तरह शांत नहीं हुई थी। क्योंकि मैं लिली और मैथ्यू में से किसी को नहीं जानता था।

“लिली मेरी बड़ी बहन है। वो भी मेरी ही तरह सेंट मैरी स्कूल में पढ़ाती है... और मैथ्यू उसी स्कूल में मैनेजर है” उसका इतना कहना ही था कि मैं अपने आपको उससे नज़रें मिलाने में असमर्थ पा रहा था। मुझे पता था कि अभी वो और बोलेगी इसीलिये सिर झुकाये सुन रहा था।

“पीटर से तलाक़ के बाद कुछ दिन बड़ी मुश्किल में बीते। फिर मैंने लिली से सम्पर्क किया जो स्कूल में पढ़ाती थी। मैं ज़्यादा पढ़ी-लिखी नहीं थी पर चूँकि स्कूल रोमन कैथोलिक था इसीलिए मुझे किसी तरह स्कूल में टीचर की नौकरी मिल गयी। नौकरी लगने से लेकर नौकरी निभाने तक में, मैथ्यू ने मेरी बहुत मदद की। कई बार प्रिंसिपल ने मुझे नौकरी से निकालने की बात कही उस समय मैथ्यू ने ही मेरी नौकरी बचायी।”

“तो उसकी क़ीमत वो ऐसे वसूल करता है?” मेरे मुँह से अनायास निकल गया। उसने बस मुझे नज़र उठाकर देखा, बोली कुछ नहीं। उसके होठों पर उसकी चिरपरिचित मुस्कराहट तैर रही थी।

“क्या लिली को पता है?” मैंने पूछा तो उसने ‘न’ की मुद्रा में सर हिलाया।

मैं उसकी मजबूरी समझ रहा था पर उसके साथ सहमत नहीं हो पा रहा था। मैं सोच रहा था कि कोई मनुष्य इतना मजबूर भी कैसे हो सकता है कि अपनी अस्मिता के साथ समझौता कर ले। फिर ये भी सोचा कि मुनष्य की कुछ शारीरिक मजबूरियाँ भी होती हैं जिनके आगे मनुष्य स्वयं को लाचार पाता है। मैं ये भी सोच रहा था कि मुझे क्रिस्टीन की व्यक्तिगत ज़िन्दगी में इतनी उत्सुकता क्यों है? देर रात को उसके कमरे से किसी पुरुष को निकलते देखकर मुझे इतना बुरा क्यों लगा? इन सवालों के जवाब न मेरे पास तब थे और न अब हैं।

“कहाँ खो गये सोमेश बाबू” उसने कहा तो मैं झंझावत से बाहर निकला।

“कहीं नहीं...मैं सोच रहा था कि अब मुझे चलना चाहिए। रात हो रही है आपको भी किचन का काम होगा।” मेरी इस बात पर उसने कोई प्रतिक्रिया नहीं दी बस मुस्कराकर मुझे देखती रही। मैं उसके कुछ बोलने का इंतज़ार करता रहा। जब बहुत देर तक कुछ नहीं बोली तो मैं उठने का उपक्रम करने लगा। मैं

उठकर चला गया, वो बस खड़ी मुस्कराती रही। वो तब भी मुस्कराती थी, आज भी मुस्कराती है...मेरे ख़यालों में।

"हे भगवान! ध्यान कहाँ रहता है तुम्हारा आजकल? पूरी चाय पी गये और ये नहीं बताया कि मैं चाय में चीनी डालना भूल गयी!" अर्चना की तेज़ आवाज़ कान में पड़ी तब मैंने पाया कि मेरे सामने क्रिस्टीन नहीं अर्चना बैठी है। वो मेरे सामने बैठी चाय पी रही थी

"कोई बात नहीं...थोड़ी देर में दूसरी बना देना"

8

मानव ऐसे जीता है जैसे वो अमृतफल खाकर आया हो। मृत्यु होनी है, होगी, यही शाश्वत सत्य है पर यह सत्य हमारे आचरण में नहीं आता। मानव स्वयं प्रकृति स्वरूप है पर यह माया का प्रभाव ही है कि वो स्वयं को प्रकृति से अलग मानता है और तदनुरूप आचरण करते हुए दुर्गति को प्राप्त होता है।

"समाज के बनाये हुए नियम प्रकृति पर लागू नहीं होते सोमेश बाबू" यह क्रिसिटीन के शब्द थे। मैंने मुड़कर देखा तो अपने पीछे क्रिसिटीन को खड़ा पाया। उसकी चिरपरिचित मुस्कान उसके होठों पर विधमान थी और उसकी कशिश को बढ़ा रही थी।

"अरे आप कब आयीं?" उसको देखते ही मेरे मुँह से निकला। सच बताऊँ तो मैं उसी के बारे में सोच रहा था। उसको अपने सम्मुख पाकर मुझे एक सुखद आश्चर्य हुआ। वो इस समय मेरे कमरे के बाहर खड़ी थी। लापरवाही में मैंने कमरे का दरवाज़ा खुला छोड़ दिया था।

"आइये बैठिये..." मैंने उसको कुर्सी पर बैठने का इशारा किया।

उस दिन उसके कमरे से बाहर निकलने के बाद हमारी बात नहीं हुई थी। मुझसे उसका सत्य बर्दाश्त नहीं हुआ। अजीब है न मानव-स्वभाव, सत्य जानना भी चाहता है और सत्य बर्दाश्त करने की सामर्थ्य भी नहीं है।

"तुम्हारा कमरा फिर से अस्त-व्यस्त हो गया" उसने कुर्सी पर बैठते ही अपने स्वभाव अनुरूप मेरे कमरे का निरीक्षण किया।

"हाँ! सही कह रही हैं आप। समय ही नहीं मिलता"

"समय तो आपके पास हमारे लिए भी नहीं है" उसने कटाक्ष किया

"ऐसा नहीं है, मार्च का महीना बैंक में क्लोज़िंग का होता है इसीलिए थोड़ी

        लॉकडाउन पेजेस

व्यस्तता ज़्यादा है। वैसे मार्च में तो स्कूलों में भी फ़ाइनल एग्ज़ाम होते हैं। तुम भी तो बिजी होगी?” मैं बोलता जा रहा था और वो बस होठों पर मुस्कान धरे, मुझे नज़रें गड़ाये देखे जा रही थी जैसे यह कह रही हो कि “झूठे कहीं के”

“तुम यही सोच रहे हो न कि मैं कितनी ख़राब हूँ” वो झट से मुद्दे पर आ गयी थी

“मैं ऐसा क्यों सोचूँगा?”

“सोच तो यही रहे हो...इसीलिये मुझे एवॉइड कर रहे हो”

“ऐसा तुमको लगता है पर है नहीं”

“तुम यही सोच रहे हो न कि मैं कितनी ख़राब हूँ की अपने बड़ी बहन के पति के साथ....”

“मैं ऐसा कुछ नहीं सोच रहा हूँ....तुम बार-बार वही बात क्यों ले आती हो...मुझे तुम्हारी व्यक्तिगत ज़िन्दगी से क्या मतलब? मैं पहले ही तुम्हारे साथ किये गये व्यवहार पर बहुत शर्मिंदा हूँ, मुझे और शर्मिंदा मत करो” मैंने लगभग चिल्लाते हुए अपनी झुँझलाहट निकाली। उसने मेरी दुखती रग पर हाथ रख दिया था।

मेरे ऐसा बोलते ही उसकी विशिष्ट पहचान उसकी मुस्कान होठों से एक पल के लिए ग़ायब हो गयी और मुझे अपनी ग़लती का एहसास करा गयी। क्रिसिटीन अपने अहंकार को किनारे रखकर, मुझसे मेरे कमरे में मिलने आयी थी। मुझे उससे इस तरह बर्ताव नहीं करना चाहिये था।

“ओह! आई एम सॉरी” मैंने अपने दोनों हाथ अपने चेहरे पर रखकर अपने व्यवहार के लिए खेद ज़ाहिर किया तो उसकी मुस्कान उसके चेहरे पर लौट आयी थी।

“ऐसे ही थोड़े सॉरी मिलेगी सोमेश बाबू”

“फिर?” मैंने प्रश्नवाचक निगाह से उसे देखा

“इसकी क़ीमत आपको चुकानी पड़ेगी....” वो बोलते-बोलते रुक गयी थी

“अरे नहीं तुम्हारी प्रॉपर्टी नहीं माँग रही हूँ जो ऐसे घबरा रहे हो... बस एक कप चाय में तुमको सॉरी मिल जायेगी”

"हा हा हा" उसके इस प्रेमपूर्ण व्यवहार पर मैं रीझ गया था।

मैं चाय बनाकर लाया। हम दोनों चुपचाप चाय पी रहे थे पर हमारे बीच की ख़ामोशियाँ चीख़ रही थीं।

"एक बात बोलूँ सोमेश बाबू" उसने ख़ामोशी तोड़ते हुए कहा

"हाँ बोलो"

"समाज के बनाये हुए नियम प्रकृति पर लागू नहीं होते सोमेश बाबू"

मैंने कुछ बोलना उचित नहीं समझा बस मुस्कराकर बात ख़त्म की। आज जब मेरे विवाहित जीवन के दस वर्ष व्यतीत हो जाने के बाद भी मैं जब क्रिसिटीन को भुला नहीं पाया हूँ तो उस वक़्त कहे गये उसके शब्दों की सार्थकता मुझे अब समझ में आती है "समाज के बनाये हुए नियम प्रकृति पर लागू नहीं होते सोमेश बाबू"। उम्र सब कुछ सिखा देती है।

"अरे गोलू कब से पापा-पापा कर रहा है, तुम्हारा ध्यान कहाँ है?" अर्चना के शब्द मेरे कानों में पड़ते ही मैं ख़यालों के आसमाँ में यथार्थ के धरातल पर आ गिरा।

"अरे न्यूज़ देख रहा था यार... सुनायी नहीं दिया"

"ज़्यादा न्यूज़ मत देखा करो। यही सब देख-देखकर ज़्यादा टेंशन लेते हो तुम"

"पापा कार्टून लगा लूँ?"

"हाँ लगा लो" मैं गोलू को रिमोट देते हुए उठ जाता हूँ।

9

पहले दूर था अब पास आने लगा है। अगल- बग़ल बग़ल के इलाक़ों में कई कोरोना पॉज़िटिव मरीज़ों के मिलने की पुष्टि हो रही है। अब तक हम ये सोच रहे थे कि कोरोना दूसरों को हो सकता है, हमें नहीं। भले ही हम इसे कहते न हों पर हमारे व्यवहार और आचरण में यही है। इस विचार के पीछे मूल विचार यही है कि मृत्यु सदैव दूसरों की होती है हमारी नहीं। हम सदैव ही ऐसे जीते हैं जैसे हमारी कभी मृत्यु होनी ही न हो। मनुष्य का बनाया हुआ समाज और समाज के नियम, हमेशा ही मनुष्य की मूल प्रकृति से टकराते रहते हैं। मनुष्य की मूल प्रकृति 'काम और हिंसा' की है। इस बात की सीख सबसे पहले मुझे क्रिसिटीन से ही मिली थी- "सोमेश बाबू...समाज के बनाये हुए नियम प्रकृति पर लागू नहीं होते"

आज क्रिसिटीन ने ईस्टर पार्टी रखी है। इस पार्टी में लिली और मैथ्यू के इलावा, उसके स्कूल के अन्य स्टाफ़ भी हैं। मैंने लिली और थॉमस को ग़ौर से देखा। लिली भी क्रिसिटीन की तरह, दुबली-पतली, साँवली, पर स्वभाव से क्रिसिटीन के विपरीत अत्यंत सौम्य लगी। इसके विपरीत मुझे मैथ्यू अति हँसमुख और मज़ाक़िया लगा। मेरे देखे वो तीन पेग डकार गया था। डील-डोल की बात करें तो उसका चेहरा गोल और भरा हुआ था, चेहरे पर कुछ चेचक के दाग़ भी थे। पेट बाहर निकला हुआ था। उम्र 45 से 50 के बीच रही होगी। क्रिसिटीन ने मेरा परिचय लिली और मैथ्यू से "बैंक बाबू" कह कर करवाया। लिली ने जहाँ अपने स्वभाव अनुरूप सिर्फ़ मुस्कराकर नमस्ते किया वहीं मैथ्यू ने "हेल्लो यंगमैन" कहकर मेरा हाथ ज़ोर से दबाया।

"कम लेट्स एन्जॉय" कहते हुए वो मुझे खींचता हुआ कमरे के उस कोने में ले गया जहाँ ड्रिंक्स सर्व हो रही थीं।

अपने हाथों से एक पेग बनाकर मेरे आगे कर दिया और फिर ख़ुद के लिए पेग बनाने लगा। मैं धीरे-धीरे पेग ख़त्म करने लगा। जाने क्यों मेरी मैथ्यू से बात करने की इच्छा हो रही थी पर इसके लिए मैं शराब का सहारा चाह रहा था। होश में तो शायद उसकी शक्ल भी मुझे अच्छी न लगे। उसने चिकन पकोड़े की प्लेट मेरे आगे कर दी। मैंने उसे इशारे से मना किया तो क्रिसिटीन समझ गयी।

"हमारे बैंक बाबू नॉनवेज नहीं खाते..." कहते हुए वो हँसी और एक प्लेट में सलाद और फ़्राई पनीर रख गयी।

"क्रिसिटीन बताती है कि आपने उसकी बहुत हेल्प की" शराब का शुरूर मेरे ऊपर चढ़ा तो मैंने मैथ्यू से बात शुरू की।

"ओह वो तो मेरा फ़र्ज़ था। इंसान को एक-दूसरे की मदद करते रहना चाहिये" मैं देख रहा था कि शायद उसके चेहरे पर भाव परिवर्तन हो पर ऐसा कुछ भी नहीं हुआ। वो पहले की तरह ही चिकन पकोड़ा चट करता रहा और पेग डकारता रहा।

"सही बात है और मदद जब निस्वार्थ हो तो उसका पुण्य कई गुना हो जाता है" मैंने एक चिंगारी छेड़नी चाही।

मैथ्यू की दृष्टि एक पल के लिए मेरे चेहरे पर अटक गयी।

"यस यंग मैन" कहकर वो मेरा पेग भरने लगा- मैंने मना नहीं किया। मुझे एहसास हुआ कि इस समय उससे कुछ भी कहने का कोई फ़ायदा नहीं है। उसके अंदर इस समय शराब के इलावा कुछ नहीं जायेजायेगा। मैं चुप-चाप अपना पेग ख़त्म करने लगा।

धीरे-धीरे सब मेहमान विदा होने लगे। मैंने भी क्रिसिटीन से चलने की इजाज़त माँगी।

"तुम कहाँ जा रहे हो बैंक बाबू? तुम तो हमारे साथ खाना खाकर जाओगे"

"नही मुझे जो खाना था खा चुका। अब चलता हूँ"

"नोनोनो..तुम तो हमारे साथ खाना खाकर ही जाओगे" आवाज़ मैथ्यू की थी। लिली बस खड़ी मुस्करा रही थी।

मैं मना नहीं कर पाया। खाने की टेबल पर हम चार लोग थे मैं, क्रिस्टीन, लिली और मैथ्यू। मैथ्यू अपनी बकवास में लगा हुआ था। लिली चुप-चाप

मुस्कराये जा रही थी। मैं और क्रिस्टीन आँख मिचौली का खेल खेल रहे थे। डिनर के बाद लिली और मैथ्यू भी चले गये, बस बच गये थे मैं और क्रिसिटीन। मैंने क्रिसिटीन से इजाज़त माँगी।

"जाना चाहते हो सोमेश बाबू?" उसने मस्तियाते हुए कहा। मुझे लगा उसने भी एक-दो पेग पी रखे थे।

"आपकी ख़ातिरदारी के लिए बहुत शुक्रिया"

"सच में जाना चाहते हो सोमेश" इस बार उसने अपनी आदत के अनुकूल मेरे नाम के आगे बाबू नहीं लगाया। उसने आत्मियता से मेरे कँधे पर हाथ रख दिया। मुझे उसकी बातों का आशय समझ में आने लगा था। शराब के नशे में मैं बेहोश ज़रूर था पर गिरा हुआ नहीं था।

"कल ड्यूटी नहीं जाना है क्या...बड़ी मसख़री सवार है" कहकर मैंने उसके गाल पर एक हल्की-सी चपत दी और चला आया।

"दिन भर मोबाइल में चिपके रहते हो...कभी गोलू से भी बोल लिया करो। कभी पूछ लिया करो की आज क्या पढ़ा?" ये शब्द अर्चना के थे। मैं क्रिसिटीन की दुनिया से वापस आ चुका था।

"अरे ऑफ़िस से कुछ इम्पोर्टेन्ट मेसेज आया था वही पढ़ रहा था"

"तुम और तुम्हारा ऑफ़िस..." कहते हुए अर्चना चली गयी।

10

भारत में संक्रमितों का आंकडा एक लाख पार हो गया है जो की ख़तरनाक रूप से डराने वाला आंकड़ा है। मृतकों की संख्या भी तीन हज़ार के पार हो गयी है। कम्प्यूटर में वायरस आने पर जब कुछ नहीं सूझता है तो फ़ॉर्मेट ही करना पड़ता है और फिर से सारे सॉफ़्टवेयर और एप्लीकेशन इंस्टाल करने पड़ते हैं। काश! कोई इस वर्ष 2020 को अनइंस्टाल करके दोबारा इंस्टाल कर दे तो शायद इस वायरस से निजात मिल जाये। ख़ैर लॉकडाउन आगे बढ़ गया है और कहानी भी आगे बढ़ती रहनी चाहिये।

"लो सब्ज़ी काटो..." क्रिसिटीन मेरे आगे पालक की थाली आगे कर देती है

"ऐसा है ये अपना मास्टरनी वाला रुतबा अपने बच्चों के लिए ही रखना" मैंने चिढ़कर कहा

"इसमें मास्टरनी वाली बात कहाँ से आ गयी। कोई तो सब्ज़ी काटेगा न। मैं उधर किचन में तुम्हारे लिए चाय चढ़ा रही हूँ"

मैं फिर से क्रिसिटीन के कमरे में पहुँच गया हूँ। अब हम लोग अक्सर ही मिलने लगे हैं। अब हमको मिलने के लिए किसी बहाने की ज़रूरत नहीं है। आज रात का खाना मेरा क्रिसिटीन के यहाँ है।

"यार मैंने कभी काटी नहीं है...बस ये समझ लो मुझे आता नहीं है" मैंने काम टालने के लिहाज़ से कहा।

"तो सीख लो मैं सिखा देती हूँ" क्रिस्टीन एक हाथ में चाकू पकड़े और एक हाथ में पालक का गुच्छा बनाये मुझे काट कर दिखाने लगी।

"लाओ अच्छा दो...ये समझ लो पहली बार काटूँगा" मुझे लगा अब काम करना ही पड़ेगा

"ज़िन्दगी में बहुत कुछ पहली बार काटा जाता है" उसने आँखें तरेरते हुए कहा और ज़ोर से हँसी। एक पल के लिए मुझे समझ ही नहीं आया कि ये क्या बोल गयी।

"सिखाती कुछ हो नहीं बस काम पकड़ा देती हो" मैंने बातचीत को जारी रखने के लिहाज़ से कहा।

"उस दिन रुक जाते...सब सीख जाते" वो फिर से ज़ोर से हँसी

हम लोगों के बीच ऐसा मज़ाक़ होनाहोना कोई बड़ी बात नहीं रह गयी थी।

"ये लो चाय पियो ...और ये क्या अभी तक तुम कुछ काट ही नहीं पाये" उसने मेरे सामने चाय का कप रखते हुए कहा।

"अब काट रहा हूँ...यही थोड़े ही करता रहता हूँ"

"लो अच्छा चाय पियो, प्लेट मुझे लाओ, तुम्हारी स्पीड से कटी तो बस रात तक पालक ही कट पायेगी"

"और मैथ्यू और लिली कैसे हैं?" चाय पीते-पीते ये मेरे मुँह से क्या निकल गया! क्रिसिटीन के चेहरे के भाव एकदम से परिवर्तित होने लगे थे।

"दीदी ठीक हैं पर मैथ्यू की तबीअत ठीक नहीं है"

"अरे क्या हुआ?"

"उसके सिर में अक्सर दर्द रहता था। चेकअप कराया तो ट्यूमर निकला है"

"ओह" मैं अपने आप को समझ नहीं पा रहा था। किसी की बीमारी की ख़बर सुनकर दुखी होना चाहिए था। मैं इस दुःख में भी अपने अंदर एक दबी हुई ख़ुशीख़ुशी अनुभव कर रहा था। अचानक मेरे आगे मैथ्यू का गोल चेहरा नाच गया। उसका मुझे "यंग मेन" कहकर सम्बोधित करना मेरे कानों में गूंजने लगा। साथ ही मुझे सताने लगा लिली की आँखों का सूनापन।

"कब पकड़ में आयी बीमारी?"

"एक हफ़्ते पहले जब सर में ज़्यादा दर्द हुआ तो डॉक्टर ने सी.टी.स्कैन करवाने को कहा, तब पता लगा की मैथ्यू को ट्यूमर है"

मैं लगातार क्रिसिटीन के चेहरे पर निगाह बनाये हुआ था। चेहरे से वो मुझे विशेष दुखी नहीं लगी। मैंने महसूस किया कि क्रिसिटीन मैथ्यू के अहसान

तले दबी थी इसीलिये हर उचित-अनुचित माँग पूरी करती आयी थी और कुछ शरीर की कमज़ोरियाँ भी होती हैं, जिन पर क़ाबू पाना आसान नहीं होता, पर क्रिसिटीन को मैथ्यू से कोई विशेष भावनात्मक लगाव नहीं था।

"डॉक्टर ने दिल्ली रेफ़र कर दिया है" क्रिसिटीन ने आगे कहा

"तो कब जाना है दिल्ली?"

"अगले हफ़्ते"

"तुम भी जाओगी साथ में?"

"नही यहाँ स्कूल कौन देखेगा! उसके यहाँ नहीं रहने पर स्कूल मुझे ही देखना होगा"

"अच्छा" ख़ुशनुमा माहौल अचानक बोझिल हो गया था। रह-रहकर मेरे सामने मैथ्यू और लिली का चेहरा आ रहा था। क्रिसिटीन उठकर किचन में चली गयी थी।

"खाना तैयार है... लगा दूँ" मैंने आँख उठाकर देखा तो सामने क्रिसिटीन नहीं अर्चना थी।

"हाँ लगाओ!"

11

दुनिया की समस्त सरकारें इस बीमारी के आगे लाचार नज़र आ रही हैं। अब वो भी कहने लगी हैं कि इस बीमारी को तत्काल मिटाया नहीं जा सकता, इसके साथ जीना सीखना पड़ेगा। आख़िर कब तक सारी गतिविधियों को रोक कर रखा जा सकता है। जनजीवन फिर से सामान्य की तरफ़ लौट रहा है। आइये हम भी कहानी पर लौटते हैं।

"और मैथ्यू का क्या हाल है?" एक दिन मैंने खाना खाते हुए क्रिसिटीन से पूछा। मैं उसी के कमरे में था

"ठीक है...ये बताओ दाल में नमक तो कम नहीं है?" क्रिसिटीन ने बेरुख़ीबेरुख़ी से जवाब देते हुए बात का रुख़ कहीं और मोड़ दिया था।

"नहीं मैं कम ही खाता हूँ...तुमको डालना है ऊपर से डाल लो"

"नहीं ठीक है"

"डॉक्टर ने क्या बताया?" मैंने फिर एक कोशिश की

"ट्यूमर है... दिल्ली के डॉक्टर का इलाज चल रहा है। हो सकता है ऑपरेशन न भी कराना पड़े"

"अभी दोनों दिल्ली में हैं?"

"हाँ" उसने संक्षेप में उत्तर देकर बात ख़त्म करनी चाही पर जाने क्यों मेरा इस बात को ख़त्म करने का मन नहीं था।

"तुम नहीं गयी देखने?" मैंने दूसरी तरफ़ देखते हुए पूछा

"यहाँ स्कूल कौन देखेगा! दीदी से बात हुई थी, हो सकता है कल अस्पताल से छुट्टी मिल जाये, फिर दवाई लम्बी चलेगी"

"अभी स्कूल तो जा नहीं पायेगा?"

"नही अभी तो कोई उम्मीद नहीं है"

हम खाना खा चुके थे और घर की छत पर टहलने निकल गये थे। आसमान में पूर्णिमा का चाँद अपनी छटा बिखेर रहा था। असंख्य तारे अपनी सामर्थ्यनुसार चाँद का साथ दे रहे थे। हम दोनों छत की दीवार से टिके, हाथों में हाथ लिए, चाँद की और देख रहे थे।

"और सोमेश बाबू, तुम मेरे बारे में तो सब पूछ लेते हो अपने बारे में कभी कुछ नहीं बताया"

"पूछो क्या पूछना है?"

"मैं पूछूँगी तभी बताओगे क्या?"

"और क्या"

"तो बताओ क्या तुम्हारी कोई गर्लफ्रैंड है?"

"नही"

"क्या तुम्हारी कोई गर्लफ्रैंड थी?"

"हाँ"

"अरे वाह! चलो पूरी कहानी बताओ"

"यार तुम्हें मेरी गर्लफ्रैंड में क्या इंटरेस्ट हो गया?"

"क्यों न हो यार...हम भी तो जाने कि कौन है जो तुम्हें हमारा नहीं होने दे रहा है" उसने हँसते हुए कहा

"कोई नहीं है...थी कोई ...वही कॉलेज लव और फिर सेपरेशन"

"ज़रूर तुम्हीं ने कुछ किया होगा इसीलिये ब्रेकअप हुआ या फिर कुछ किया ही नहीं होगा" कहते हुए वो ताली बजाते हुए ज़ोर से हँसी।

"जाओ यार तुमसे बात करना बेकार है" कहते हुए मैंने चिढ़कर जाने का उपक्रम किया तो उसने मेरा हाथ पकड़ कर खींच लिया।

"अरे रुको तो...अच्छा अब मज़ाक़ नहीं करूँगी। अब बताओ पूरी बात" कहते हुए उसने अपनी हँसी रोकी

"बताने जैसा कुछ नहीं है"

"तुमसे यही उम्मीद थी" वो फिर हँसी

"चलो बहुत रात हो गयी है, सोया जाये" मैंने फिर चिढ़कर कहा तो उसने फिर हाथ पकड़ कर रोक लिया।

"अच्छा-अच्छा अब पक्का मज़ाक़ नहीं करूँगी" उसने अपनी हँसी रोकते हुए कहा

"स्वीटी नाम था उसका। हम कॉलेज फ़र्स्ट ईयर में मिले थे। लेक्चर के बीच में हम दोनों एक दूसरे को बीच-बीच में देखा करते थे। फिर धीरे-धीरे एक दूसरे को देखकर मुस्कराने लगे। बातचीत शुरू हुई। साथ जीने-मरने की क़समें खायीं और फिर एक दिन..."

"फिर क्या?" उसने उत्सुकतावश पूछा

"फिर क्या... फिर एक दिन वो पोस्टग्रेजुएशन करने अमेरिका चली गयी और मैं बैंक की नौकरी में आ गया" कहते हुए मेरे मन में एक तीव्र हूक उठी थी जैसी अभी लिखते हुए उठ रही है।

"उससे बातचीत होती है?"

"कभी-कभी जब उसका मन करता है तो फ़ोन कर लेती है"

क्रिसिटीन सुनते-सुनते चुप हो गयी थी। उसे अंदाज़ा हो गया था की मैं स्वीटी के ज़िक्र से दुखी हो गया था।

"अच्छा ये बता...कुछ हुआ था क्या?" उसने माहौल को वापस सामान्य करने हेतु अपने स्वभावनुसार उपहास किया

"तुम यार हर बात को वहीं ले जाती हो। कुछ नहीं हुआ था"

"चल झूठे.."

"चलो रात बहुत हो गयी है सोया जाये"

"चलो फिर बता देना"

"क्या सोच-सोच मुस्कराये जा रहे हो?" अर्चना की आवाज़ से मेरी विचार शृंखला भंग हो गयी थी।

"अरे कुछ नहीं बस ऑफ़िस की एक बात सोचकर हँसी आ रही है"

"अच्छा मुझे भी बताओ"
"बताता हूँ पहले एक कप चाय तो पिलाओ"
"अभी लायी"

12

लॉकडाउन काल ख़त्म हो गया है। अब अनलॉक काल शुरू हो गया है। भारत में अभी अनलॉक-वन चल रहा है। सब शब्दों का फेर है ज़मीनी हक़ीक़त वहीं की वहीं है। अब लोगों के मन से इस बीमारी का भय समाप्त होता जा रहा है। सड़कों पर भीड़ पूर्ववत दिखाई दे रही है। भूख और बीमारी से मरने के विकल्प के बीच लोगों ने बीमारी से मरने का विकल्प चुना। बीमारी जब मारेगी तब मारेगी पर भूख तो तत्काल मार डालेगी। बीमारी तो ठीक भी हो सकती है पर भूख का तो तत्काल प्रबँध करना पड़ता है।

"खाना आज ही मिल जायेगा या कल सुबह मिलेगा?" क्रिस्टीन मुझ पर चिल्ला रही है।

क्रिस्टीन ने मुझे थोड़ा-बहुत खाना बनाना सिखा दिया था। आज उसकी तबीअत ठीक नहीं थी। मैंने उसके लिए खाना बनाने का प्रस्ताव रखा था जिसे उसने थोड़ी न-नुकुर के बाद स्वीकार कर लिया था। मैं जितनी देर किचन में था, वो रह-रहकर व्यंगय बाण छोड़ रही थी।

आज हमारे शेफ़ संजीव कपूर खाना बना रहे हैं....इतनी देर में तो पूरे लंगर का खाना बन जाये....किसी मरीज़ को इतनी देर में खाना दोगे तो पाप लगेगा.... इत्यादि

"अरे बस बन गया.. लो ये लो" कहते हुए मैंने उसके समक्ष खाने की थाल लाकर रख दी।

"तुम अस्पताल में खाना बनाने का ठेका ले लो या फिर जेल में खाना बनाने का.." उसने एक कौर मुँह में रखते ही कहा।

"क्यों क्या हुआ!"

"अरे यार खाना बिल्कुल फीका बना है.. नमक तो लगभग है ही नहीं"

"लो ऊपर से डालो और चुपचाप मुँह बंद करके खाओ। खाते समय ज़्यादा बोलते नहीं हैं" मैंने उसके आगे नमक की डिब्बी बढ़ाते हुए कहा। मेरे स्वर में खीज स्पष्ट झलक रही थी जिसका उसे एहसास हो गया था।

मैंने ऐसा कहा तो वो मुस्कराने लगी। उसे मुझे परेशान कर के बहुत अच्छा लगता था।

"सच की आवाज़ दबायी जा रही है" कहते हुए वो खाना खाने लगी।

रात के नौ बजे होंगे। बाहर का मौसम ख़राब हो गया था।अचानक जोरों से बारिश होने लगी थी।

"ले आज छत पर जाना कैंसिल" क्रिस्टीन ने बारिश की आवाज़ सुन कर मुँह बनाकर कहा

"ठीक ही है... तुम्हें बुख़ार भी है। खाना खाओ और सो जाओ"

खाना खाकर मैं अपने कमरे में जाने को हुआ तो क्रिस्टीन ने ताना मार कर रोक लिया" मुझे ऐसी बीमार हालत में छोड़कर चले जाओगे?"

"तो क्या लोरी गा कर सुनाऊँ? नॉर्मल बुख़ार है, दवा खा ली है, आराम करो ठीक हो जायेगा" मैंने बोला तो उसने कहा कुछ नहीं बस चेहरे की भाव - भंगिमा से अपनी नाराज़गी ज़ाहिर कर दी"

अब मेरे लिए जाना मुश्किल था। कुछ देर तक कमरे में सन्नाटा रहा।

"अच्छा आओ देखूँ टेम्परेचर है क्या?" मैंने उसके माथे पर हाथ रखने के लिए हाथ आगे बढ़ाया

"बाहर दरवाज़ा खुला है, तुम जा सकते हो" उसने मेरे हाथ को झटकारते हुए कहा।

"यार तुम तो बच्चों की तरह रूठ जाती हो मैंने तो बस ऐसे ही कह दिया था।" मैंने खिड़की से बाहर झाँकझाँककर देखा बारिश इतनी जोर से हो रही थी की अगर मैं एक कमरे से निकलकर दूसरे कमरे में जाता तो भी बहुत भीग जाता।

"अच्छा टेम्परेचर तो देखने दो" मैंने एक बार फिर अपना हाथ उसके माथे

पर रखने की चेष्टा की। इस बार उसने विरोध नहीं किया।

"क्या फ़ायदा तुम्हें कौन चिंता है मेरी" उसने मुँह बनाते हुए कहा

"बुख़ार तो नहीं लग रहा है" मैंने उसके माथे पर रखा हुआ हाथ हटाते हुए कहा।

"बुख़ार जा चुका है और तुम भी जा सकते हो" उसने अपने अंदाज़ में कहा। ये मेरे लिए इशारा था कि नहीं जाना है। कुछ क्षणों के लिए वो ऐसे ही रूठकर बैठी रही। मैंने अपना हाथ सरकाकर उसके हाथ पर रखा। उसने मेरी तरफ़ देखा तो मैं उसे देखकर मुस्करा दिया, वो मेरी तरफ़ देखकर ज़ोर से हँसी जैसे जितना वो मुझे परेशान करना चाहती थी, कर चुकी।

"पता है आज दीदी का फ़ोन आया था, बता रही थीं कि मैथ्यू की तबीअत ज़्यादा ख़राब है"

"अच्छा क्या हुआ?"

"बता रही थीं कि आज मैथ्यू की नाक से ख़ून आ रहा था"

"ओह! फिर?"

"दिल्ली के डॉक्टर से फ़ोन पर बात की तो उन्होंने एक दवा बतायी। उसे खाया तब आराम मिला"

"तुम देखने नहीं गयी?" मैंने पूछा तो उसने 'न' की मुद्रा में सिर हिलाया।

"जाना चाहिये था। ऐसे समय में आदमी दुश्मन को भी देखने जाता है"

"दुश्मन होता तो चली जाती। कहीं न कहीं मेरे मन में भी अपराध बोध है। मैंने दीदी को धोखा दिया है... फिर पता नहीं उसको इस हालत में देखकर मैं कैसे रिऐक्ट करूँ"

"ये क्या बात हुई? इसका मतलब तुम देखने ही नहीं जाओगी?" क्या पता वो तुम्हें याद करता हो?" मैंने ऐसे कहा तो हमेशा ख़ुश रहने वाली क्रिस्टीन की आँखों से मोटे-मोटे आँसू गिरने लगे। मुझे उसे देखकर बहुत ख़राब लग रहा था।

"तुम सही कह रहे हो मैं कल उसे देखने जाऊँगी। तुम मेरे साथ चलोगे?"

"बिल्कुल चलूँगा। कल शाम छः बजे तैयार रहना" मैंने ऐसा कहा तो क्रिस्टीन रोते हुए मुस्कराने लगी।

"... तुम न ऑफ़िस में ही रहा करो, घर मत आया करो... अभी ऑफ़िस से आये और अभी लैपटॉप लेकर बैठ गये" अर्चना की आवाज़ मेरे कान में पड़ी तो मेरी विचार शृंखला भंग हुई।

"कुछ ज़रूरी काम था... बस हो गया" मैंने लैपटॉप की स्क्रीन छुपाते हुए कहा

13

कोरोना काले - विपरीत बुद्धि, यही कहा जा सकता है इस देश की जनता के लिए। सड़कों पर भीड़ ऐसी उमड़ रही है जिसे देखकर कोई नहीं कह सकता की हम इस समय एक वैश्विक माहामारी से लड़ रहे हैं। प्रवासी मजदूरों की दुर्दशा ने व्याप्त अव्यवस्था की पोल खोलकर रख दी है। सारे दावे खोखले साबित हुए। वर्तमान हालात देखकर अंदेशा होता है कि क्या इस रात की कभी भोर भी होगी? चहुँ ओर निराशा का अंधकार गहराता जा रहा है। प्रतिदिन दस से ग्यारह हज़ार मामलों का आना और 200 से 300 की दर से मृत्यु होना कोई सामान्य बात नहीं है। ऐसे समय में हमें हमें अतिरिक्त सतर्कता बरतने की आवश्यकता है। ज़रूरत है अपने दैनिक सोशल सर्किल को सीमित रखने की और अहतियात बरतने की। अति आत्मविश्वास इस समय घातक हो सकता है।

उस दिन शाम का साढ़े पाँच बजा होगा। मैं और क्रिस्टीन मैथ्यू से मिलने के लिए निकल रहे थे। तभी क्रिस्टीन के पास लिलि का फ़ोन आया जिसको सुनते ही क्रिस्टीन फूट-फूट कर रोने लगी। मुझे अनहोनी का अंदेशा हो गया था। फ़ोन रखने के बाद क्रिस्टीन मुझसे लिपट गयी उसने मुझे बताया की मैथ्यू अब नहीं रहा। अभी देर पहले ही उसकी ब्रेन हेमरेज से मृत्यु हो गयी। सुनकर मैं भी सन्न रह गया था। क्रिस्टीन यूँ ही काफ़ी देर तक मुझसे लिपटकर रोती रही, उसके आँसू मेरी शर्ट के साथ मेरे हृदय को भी भिगो रहे थे। धीरे-से मैंने उसे अलग किया और पीने के लिए पानी लाकर दिया।

"अब हमें चलना चाहिये" क्रिस्टीन थोड़ा शान्त हुई तो मैंने उसे लिलि के पास चलने को कहा

उसने हाँ में सर हिलाया।

हम दोनों लिलि के घर पहुँचे तो मैथ्यू की बॉडी एक ताबूत में रखी हुई थी। उसकी नाक से हल्का-हल्का ख़ून अभी भी रिस रहा था। क्रिस्टीन लिलि को देखते ही उससे चिपट गयी और ज़ोर-ज़ोर से रोने लगी। लिलि का रोना भी तेज़ हो गया था। घर पर फ़ादर आ चुके थे। फ़ादर बाइबल से कुछ पढ़ रहे थे। घर पर अन्य लोग भी जमा होते जा रहे थे। क्रिश्चियन रीति के अनुसार मैथ्यू के अंतिम संस्कार की तैयारी हो रही थी। मैं कभी सुबकती हुई लिलि को, कभी ज़ोर से रोती हुई क्रिस्टीन को और ताबूत में चिरनिद्रा में लेटे हुए मैथ्यू को देख रहा था।

मैथ्यू के अंतिम संस्कार के बाद जब हम घर लौटे तो काफ़ी रात हो गयी थी। मैं क्रिस्टीन को उसके कमरे में छोड़कर जाने लगा तो उसने हाथ पकड़कर रोक लिया। उसकी आँखों के आग्रह को मैंने पहचान लिया था। इस समय उसे छोड़कर जाना मैंने उचित नहीं समझा।

"मैं तुम्हारे लिए खाना बनाता हूँ" कहकर मैं उसके किचन में जाने लगा

"नहीं मुझे भूख नहीं है"

"थोड़ा-सा खा लो, तुमने आज दिन भर में कुछ नहीं खाया है"

"नहीं मुझे बिल्कुल भूख नहीं है"

"तुम खाओ तो मैं भी थोड़ा-बहुत खा लूँ, नहीं तो मैं भी ऐसे ही सो जाऊँगा" मैंने उसे खिलाने के अभिप्राय से कहा- उसने अपनी मौन स्वीकृति दे दी थी। हम दोनों को ज़्यादा भूख नहीं थी सो मैंने हमारे लिए खिचड़ी बनायी। खाते वक़्त हम दोनों मौन ही रहे। बस कभी मैं नज़रें उठाकर उसे देख लेता, तो कभी वो मुझे देख लेती। खाना खाकर एक बार फिर मैंने उससे चलने की इजाज़त माँगी।

"आज यहीं रुक जाओ" उसने इतने अधिकार से कहा की मेरे मुँह से शब्द न निगलते बनें न उगलते।

नींद हम दोनों की आँखों से कोसों दूर थी पर वो अपने साथ ही मेरा बिस्तर लगाने लगी।

"इस बिल्डिंग में और लोग भी रहते हैं। सुबह जब उनको पता चलेगा कि हम और तुम रात में एक साथ थे तो वो तुम्हारे बारे में क्या सोचेंगे" मैंने न रुकने के लिए एक अंतिम कोशिश करनी चाही।

“तुम जाना चाहते हो तो अभी चले जाओ बस बकवास न करो” उसने अपनी मास्टरनी वाले तेवर दिखाते हुए कहा।

“नहीं ऐसा नहीं है” मैंने फिर कुछ नहीं कहा

उसने बिस्तर लगाकर लाइट बंद कर दी थी। हम दोनों अपने-अपने बिस्तर पर लेट गये थे। हम दोनों के बीच का मौन दोनों को अखर रहा था। मुझे अंधेरे में भी उसके सुबकने की आवाज़ आ रही थी।

“अब बस भी करो। तुम अपनी तबीअत ख़राब कर लोगी”

मैंने अपना हाथ उसके कँधे पर रखते हुए कहा। उसने मेरा हाथ अपने कँधे से हटाकर चूम लिया। उसके आँसू अभी भी बंद नहीं हुए थे। मैं उसके आँसू पोंछपौंछने के उद्देश्य से अपना हाथ उसके गालों पर ले गया। उसने मेरा हाथ पकड़कर सरकाते हुए गर्दन को सहलाते हुए अपने उरूजों पर रख दिया। यह मेरे लिए निमंत्रण था। मेरे मन में अंतर्द्वंद तेज़ हो गया था। उसकी बदन की तपिश मुझे आन्दोलित कर रही थी। धमनियों में रक्त प्रवाह तेज़ हो गया था। शिथिल पड़े अंगों में भी मज़बूती आने लग गयी थी। मेरे लिए स्वयं को नियंत्रित करना मुश्किल हो रहा था उधर वो मेरे हाथ को लगातार अपने शरीर के भीतर धँसाती जा रही थी। अंत में जब मुझसे नहीं रहा गया तो मैं ख़ुद को उसके पास सरकाकर ले गया। हमारे होंठ एकीकार हो गये थे। आहिस्ता-आहिस्ता हम दोनों के बीच एक सामांजस्य स्थापित हो गया था। वो जैसा चाहती मुझसे करवा रही थी और मैं उसके मोहिनी पाश में बँधा हुआ उसकी हर इच्छा की पूर्ति करता जा रहा था। अंत में जब परम संतृप्ति हेतु उसने मुझे आगे बढ़ने का इशारा किया तो मैंने प्रत्यंचा पर चढ़े हुए तीर को, जिसे मैंने बड़े जतन से रोककर रखा था, निशाने पर छोड़ दिया। मेरा तीर उसकी तुणीर में पहुँच गया था। कुछ समय बाद हम दोनों पस्त पड़े थे।

सुबह मैं काफ़ी देर तक सोता रहा। क्रिस्टीन को भी उठने में देर हो गयी थी। आज हम दोनों ने ही छुट्टी लेने का मन बनाया था। क्रिस्टीन चाय का कप लेकर मेरे सामने खड़ी थी, मैं उससे नज़रें नहीं मिला पा रहा था।

“अपने मन में किसी भी तरह का अपराध बोध मत रखना सोमेश बाबू” उसने चाय की चुस्की लेते हुए कहा।

“होना था हो गया” मैंने उसकी आँखों में झाँकते हुए कहा और सहसा ही

मुस्करा दिया जिससे क्रिस्टीन भी सहज महसूस करे।

"रात का एक बजा है और तुम अभी तक सोयें नहीं" अर्चना ने मुझे दीवार की और ताकते हुए देखकर कहा।

"बस नींद नहीं आ रही है"

"दिन भर तो मोबाइल सीने से लगा रहता है, नींद कहाँ से आयेगी! अब सो जाओ नहीं तो तबीअत ख़राब हो जायेगी"

"गुड नाइट" कहकर मैंने लाइट बुझा दी।

14

क्रिस्टीन के साथ रहते-रहते एक वर्ष से ऊपर बीत गया था। अब हमारे बीच न रिश्ते के शुरूआत वाली झिझक थी, न ही कोई लुका- छुपी का खेल था। कभी वो बेझिझक मेरे कमरे में आ जाती और कभी मैं उसके कमरे में चला जाता। रात्रि भोजन साथ करने के बाद हम अक्सर ही छत पर निकल जाते, देर रात तक बात करते और फिर नींद आने पर अपने-अपने कमरे में जा कर सो जाते। यह बताने की आवश्यकता नहीं की कभी-कभी रात्रि सानिध्य की चाह लिये, कामपाश में बँधकर, हम एक ही कमरे की शरण लेते। क्रिस्टीन के साथ बिताये गये एक-एक पल मेरे हृदय में अभी भी अमिट स्याही से लिखें हैं। मेरी कल्पना में आज जो क्रिस्टीन की छवि आती है उसमें वो मुझे पेंसिल स्केच से बनायी हुई स्याह सुंदरी-सी लगती है। हमारे दिन सुकून से कट रहे थे पर ऐसे मौक़ों पर ईश्वर की असहिष्णुता प्रसिद्ध है। एक दिन क्रिस्टीन ने मुझे बताया कि उसकी तबीअत कुछ ठीक नहीं है, वो डॉक्टर को दिखाना चाहती थी।

"कल रात से रह-रह कर जी मिचला रहा है। तीन उल्टीयाँ हो चुकी हैं" उसने मुझसे आकर कहा

"चलो दिखा देते हैं डॉक्टर को" मैंने सामान्य होकर कहा पर क्रिस्टीन के चेहरे पर चिंता की रेखा यथावत बनी रही। मैंने अपने ऑफ़िस छुट्टी की सूचना भिजवा दी थी।

डॉक्टर को दिखाने जाते वक़्त, रास्ते भर वो चुप ही बनी रही। मेरे पूछे गये सवालों का भी वो बस हाँ-हूँ में जवाब देती रही। वो मुझे किसी लेडीज़ डॉक्टर के पास ले गयी थी। क्रिस्टीन को अपने केबिन के अंदर लेकर डॉक्टर ने मुझे बाहर इंतज़ार करने को कहा। मैं अभी तक समझ नहीं पाया था कि इतनी सामान्य-सी तबीअत ख़राब होने पर क्रिस्टीन इतनी चिंतित क्यों है। कुछ देर बाद डॉक्टर के

केबिन का दरवाज़ा खुला। एक नर्स ने इशारे से मुझे अंदर बुलाया। मैं डॉक्टर के सामने क्रिस्टीन के बग़ल वाली कुर्सी पर बैठ गया।

"गुड न्यूज़ है। ये प्रेग्नेंट हैं" वो लेडी डॉक्टर जिसकी उम्र लगभग पैंतालिस वर्ष होगी उसने अपने चेहरे पर पेशेवर मुस्कान लाते हुए कहा।

मैंने चौंक कर क्रिस्टीन की ओर देखा। उसका चेहरा फक़्क़ पड़ गया था। मुझे कुछ समय के लिए ऐसा लगा जैसे की मेरे पैरों के नीचे की ज़मीन ही खिसक गयी है।

"ये कौन हैं आपके?" डॉक्टर ने हमारी उम्र के बीच अंतर देखकर स्वभाविक प्रश्न किया।

"जी ये मेरे देवर हैं" क्रिस्टीन ने झट से जवाब दिया

"हसबैंड कहाँ हैं आपके?"

"वो ड्यूटी पर हैं। गुजरात की एक कंपनी में वाइस प्रेसिडेंट पद पर हैं। अभी पिछले महीने छुट्टी पर आये थे"

"अच्छे से ख़याल रखना अपनी भाभी का" डॉक्टर ने मेरी तरफ़ देखकर अपनी सुमधुर मुस्कान बिखेरते हुए कहा।

"मैंने कुछ दवा लिख दी है उसे ले लेना और तीसरे महीने अल्ट्रासाउंड करवा लेना, तब फिर दिखाने आना" डॉक्टर ने कहते हुए मुझे पर्चा थमा दिया।

मैं और क्रिस्टीन पर्चा लेकर सीधे घर आ गये। न मैंने उससे कुछ पूछा न उसने कुछ बताया। पूछने-बताने जैसा कुछ था भी नहीं अब तो निर्णय लेने का समय था।

"क्या सोच रही हो" मैंने सोच में डूबी क्रिस्टीन को हिलाते हुए कहा।

"यही कि अब तुम कहोगे की इस बच्चे को गिरा दो" क्रिस्टीन ने उदासीन स्वर में कहा

"तो तुम क्या चाहती हो?"

"मैं इस बच्चे को जन्म देना चाहती हूँ" क्रिस्टीन ने बेबाकी से कहा तो मुझे एक पल के लिए कोई उत्तर नहीं सूझा।

मेरी उम्र उस वक़्त मात्र तेइस वर्ष थी। मैं बिल्कुल भी उस समय शादी करने

या पिता बनने के बारे में सोच भी नहीं सकता था। उस पर घर में अगर माँ मेरी करतूतों के बारे में जानती तो खा ही जाती।

"तुम चिंता मत करो। देहरादून में मेरी दूर की मौसी एक चर्च में नन हैं। मैं उनसे बात करूँगी।"

"और क्या बताओगी उनको"

"मैं उनसे कुछ नहीं छुपाती"

"तो... सब बता दोगी?"

"हाँ" क्रिस्टीन का गला भर्रा गया था।

"तुमको कोई दिक़्क़त नहीं होगी। मैं कल ही यहाँ से चली जाऊँगी। मौसी के पास रहते हुए मैं इस बच्चे को जन्म दूँगी और फिर वहीं कोई नौकरी कर लूँगी"

"क्यों कर रही हो ये सब?" मैंने खीझकर कहा।

"देखो सोमेश मुझे पता है कि कुछ समय बाद हमको अलग होना ही है। हमारा-तुम्हारा रिश्ता हर तरीक़े से बेमेल है। मैं तुम पर किसी तरह का दबाव डालकर तुम्हारी ज़िन्दगी बर्बाद नहीं करना चाहती। तुमको बहुत अच्छी लड़कियाँ मिल जायेंगी शादी के लिए पर मेरी झोली में अगर भगवान ने ये ख़ुशी डाली है तो ये मुझे सहेज लेने दो"

"और बच्चे को क्या बताओगी?"

"मैं कुछ भी बोल दूँगी। कह दूँगी कि उसके पिता से मेरी नहीं बनी, हम अलग हो गये। फिर एक दिन जब वो समझने लायक़ हो जायेगी तो सब बता दूँगी"

"एक बार फिर सोच लो। मेरी नज़र में ये मूर्खतापूर्ण निर्णय होगा"

"नहीं बच्चे को गिराना मूर्खतापूर्ण होगा"

"यहाँ स्कूल छोड़ोगी तो लिलि नहीं पूछेगी"

"लिलि पहले ही स्कूल छोड़ कर जा चुकी है"

"कहाँ"

"अब वो कलकत्ता के किसी कॉन्वेंट स्कूल में प्रिंसिपल है। मैथ्यू के जाने के बाद उसके हाथ मैथ्यू की डायरी लग गयी थी जिसमें उसने हमारे सम्बन्ध के बारे

में लिखा था। एक दिन दीदी ने मुझे अपने पास बुलाकर पूछा था तो मैंने सब कुछ बता दिया था। उस दिन के बाद से दीदी का मन मेरी तरफ़ से खिन्न हो गया था। फिर एक दिन मौक़ा मिलते ही वो कलकत्ता के किसी कॉन्वेंट स्कूल निकल ली जिससे कि रोज़ हमारा सामना न हो सके”

“ओह!” मेरे मुँह से बस इतना निकला।

क्रिस्टीन रोती चली जा रही थी और मैं उसको रोता छोड़कर अपने कमरे में आ गया।

क्रिस्टीन अपने वादे की पक्की निकली थी। अगले दिन सुबह मेरे उठने से पहले ही वो जा चुकी थी। मैंने उसके कमरे पर ताला लटका देखा और माथा पकड़कर वहीं बैठ गया। मैंने लपककर अपना मोबाइल देखा, मोबाइल में क्रिस्टीन का टेक्स्ट मेसेज पड़ा था। “तुम चिंता मत करना। तुम्हें कोई तकलीफ़ नहीं होगी। अपने वादे अनुसार मैं जा रही हूँ। मैंने कल मौसी से बात करके सब कुछ बता दिया था। उन्होंने मुझे अपने पास बुलाया है। तुम नौकरी में ख़ूब तरक़्क़ी करना और किसी अच्छी लड़की से विवाह करना। हम एक-दूसरे के हृदय में सदैव रहेंगे।

-तुम्हारी क्रिस्टीन”

मैंने क्रिस्टीन को फ़ोन लगाया पर चेष्टा व्यर्थ थी। उसका फ़ोन स्विच ऑफ़ था।

“अब बंद करो अपना लैपटॉप। ऑफ़िस में भी काम और घर में भी काम” अर्चना ने खीझकर कहा तो मैंने लैपटॉप बंद कर दिया।

15

देहरादून में मेरे नन्हे संस्करण की उत्पत्ति हो चुकी थी। इस बात की सूचना मुझे स्वयं क्रिस्टीन ने फ़ोन करके दी। रात्रि 9 बजे मेरे मोबाइल नंबर पर एक अंजान नंबर से फ़ोन आया। मैंने फ़ोन उठाया तो दूसरी तरफ़ क्रिस्टीन का वही सुमधुर स्वर था। लगभग 7 माह पश्चात मेरे कर्णों में उसके सुमधुर स्वर ने जीवनदायिनी अमृत घोल दिया था।

"क्रिस्टीन कहाँ हो तुम?" मैंने आश्चर्य मिश्रित हर्ष से पूछा

"मैं वहीं जहाँ तुम्हें बताया था"

"देहरादून?"

"हाँ जी" उसकी वाणी में एक अलग ही हर्ष था

"तुमको एक ख़ुशख़बरी देने के लिए फ़ोन किया है। लड़की हुई है" वो एक साँस में बोल गयी

मेरा मन इस समय चित्कार कर रोने को हो रहा था। लाख प्रयत्न करने पर भी मेरे मुँह से कुछ समय के लिए आवाज़ नहीं निकली थी।

"कहाँ खो गये सोमेश" उसी ने मौन तोड़ा

"कहीं नहीं... मैं अपनी बच्ची को देखना चाहता हूँ"

"चले आओ देहरादून"

"आता हूँ! जल्दी आता हूँ! कब हुई बच्ची?"

"आज सुबह"

"क्या नाम रखोगी"

“मैंने ‘एंजेलिना’ सोचा है”

“बहुत अच्छा नाम है। मैं कल ही यहाँ से निकलता हूँ।” और थोड़ी बातें करके हमने फ़ोन रख दिया।

अगले दिन मैं छुट्टी लेकर देहरादून के लिए निकल लिया।

देहरादून की हसीन वादियाँ, पहाड़ियों का सर्पनुमा रास्ता और शीतल पवन कुछ भी मेरे तप्त हृदय को शीतलता नहीं प्रदान कर पा रहा था। मेरे विचारों में केवल क्रिस्टीन और एंजेलिना थी। जाने कैसी दिखती होगी वो। लगातार बारह घंटे सफ़र करने के बाद मैं देहरादून पहुँच गया। मैं क्रिस्टीन के बताये हुए पते पर पहुँचा तो पाया क्रिस्टीन घर के बाहर ही बैठी हुई धूप ले रही थी। उसकी गोद में एक शिशु था। मुझे देखते ही वो दौड़कर मुझसे लिपट गयी। देहरादून की सर्दी में उसके बदन की ऊष्मा मुझे अंदर तक सिहरा गयी। मैंने उसे स्वयं से अलग करके शिशु को अपने हाथ में लिया। आह! क्या स्वर्णिम आभा थी उस बच्ची की। चौड़ा माथा, नुकीली ठुड्डी, सुंदर-सी नाक, सर पर काले केश, गोल चेहरा, और भूरी आँखें। मैंने उसे अपने हृदय में समेट लिया। मेरी आँखों से झर-झर आँसू बहने लगे।

“आइये अंदर चलें” एक प्रौढ़ स्त्री का स्वर मेरे कानों में पड़ा। क्रिस्टीन ने मेरा परिचय उनसे कराया। ये लॉरीन हैं, मेरी मौसी। मैंने हाथ जोड़कर उनका अभिवादन किया तो प्रतिउत्तर में उन्होंने ने भी हाथ जोड़कर नमस्कार किया। लॉरीन मुझे संतनुमा महिला लगी। उसके निर्विकार चेहरे पर साधवियों सी निर्लिप्तता का भाव था। वो जिस घर में रहती थी, वो बहुत बड़ा था। शायद आज़ादी-पूर्व किसी अंग्रेज़ की कोठी थी जो लॉरीन का परिवार भेंट स्वरूप पा गया था। बग़ल में ही चर्च थी जहाँ लॉरीन नन थी। मैं एंजेलिना को गोद में लेकर अंदर चला गया। हल्की-फुल्की बात करने के बाद लॉरीन हमें छोड़कर किचन में चली गयी थी।

उसके जाते ही मैंने क्रिस्टीन का हाथ पकडकर कहा “मैं घर में बात करूँगा”

“कोई ज़रूरत नहीं है। मैं तुम्हारी ज़िन्दगी बर्बाद नहीं करना चाहती”

“पर तुमसे विवाह करने से मेरी ज़िन्दगी बर्बाद कैसे होगी?”

“हमारा रिश्ता हर तरीक़े से बेमेल है। हो सकता है कि विवाह हो भी जाये पर उसके बाद बहुत दिक्क़तें आयेंगी। और फिर मैं एक बार मैं इस बँधन से

निकल चुकी हूँ अब दोबारा नहीं बँधना चाहती”

“क्रिस्टीन अपने लिए नहीं तो कम से कम इस अबोध शिशु के लिए तो सोचो ! क्यों इसे पिता के प्रेम से वंचित करती हो ?”

“सोमेश तुम देख लेना मैं इसे ऐसी परवरिश दूँगी कि इसे पिता की कमी कभी नहीं महसूस होगी”

इतने में लॉरीन हमारे लिए नाश्ता लेकर आ गयी थी। एंजेलिना ने मेरी गोद में रोना शुरू कर दिया था। मैंने उसे क्रिस्टीन को दिया तो वो उसे फ़ीड कराने लगी।

देहरादून में अपना तीन दिन का अल्प प्रवास समाप्त कर मैं अपनी नौकरी पर लौट आया था।

आज एंजेलिना 15 वर्ष की हो गयी है। अभी पिछले वर्ष एक आधिकारिक कार्यक्रम में देहरादून जाना हुआ था तब उससे भेंट हुई थी। क्रिस्टीन ने मुझे अपने मित्र के रूप में उससे परिचय करवाया था। कितनी सुंदर छवि है एंजेलिना की। क्रिस्टीन ने अपना वादा निभाया था। उसने एंजेलिना को कॉन्वेंट में शिक्षा दी थी और प्यार में कोई कमी नहीं आने दी थी। एंजेलिना के चेहरे से उसकी शिक्षा के अनुरूप एक सौम्यता, शीतलता और प्रभा झलकती थी। मेरी उससे अच्छी मित्रता हो गयी थी। वैसे तो पहले भी उससे कई बार भेंट हुई थी पर तब वो नादान थी। अब वो समझदार हो गयी है।

“अरे पता है गुप्ता जी के लड़के को कोरोना हो गया है” माँ ने कहा तो मैं क्रिस्टीन और एंजेलिना का स्वप्न संसार छोड़कर अपने वर्तमान संसार में लौट आया था।

“अरे.. कैसे ?”

“क्या पता ! तुम भी बाहर-भीतर जाते हो अपना ख़याल रखना”

“हाँ” कहते हुए मैं उठ गया

16

अनलॉक-2 के प्रारंभ होने के साथ ही मेरे अतीत के सभी पृष्ठ आपके सामने अनलॉक हो चुके हैं। मैंने अपने पाठकों के समक्ष अपने जीवन के उन पन्नों को भी खोलकर रख दिया जिसे मेरे और क्रिस्टीन के अतिरिक्त और कोई नहीं जानता। हाँ माँ और अर्चना को भी मेरे इन गुप्त पृष्ठों के बारे में कोई जानकारी नहीं है।

एंजेलिना अब पंद्रह वर्ष की किशोरी हो गयी है। एक दिन रात्रि में लगभग नौ बजे मेरे फ़ेसबुक मैसेंजर पर एक नोटिफ़िकेशन आया। मैंने नोटिफ़िकेशन खोला तो पाया कि मैसज एंजेलिना का था।

"हेल्लो अंकल"

"हेल्लो बेटा" मैंने हर्ष मिश्रित उल्लास से कहा

"पहले यह बताइये आपने मेरी फ्रैंड रिक्वेस्ट अभी तक एक्सेप्ट क्यों नहीं की?"

एंजेलिना अभी मात्र पंद्रह वर्ष की थी। निश्चित ही उसने ग़लत डेट ऑफ़ बर्थ देकर फ़ेसबुक पर आई.डी. बनायी थी। मैंने लंबित फ्रैंड रिक्वेस्ट में जाकर देखा तो पाया लगभग एक सप्ताह पूर्व एंजेलिना की फ्रैंड रिक्वेस्ट आयी थी, जो मैं नहीं देख पाया था। मैंने तुरंत फ्रैंड रिक्वेस्ट एक्सेप्ट की।

"और तुम कैसी हो?" मैंने उससे पूछा।

"बिल्कुल अच्छी हूँ अंकल। आप बताओ कैसे हो आप"

"अच्छे हैं बेटा"

"क्रिस्टीन कैसी है?" मैंने तपाक से पूछा।

“ओहो बड़ी याद आ रही है मॉम की” उसने सहज ही मज़ाक़ किया तो मैं भी मुस्कराये बिना न रह सका।

“हाँ आ रही है। याद तो हमें आपकी भी आती है बेटा जी” मैंने सवात्सल्य कहा।

“ओह! कम ऑन अंकल। प्लीज कॉल मी बाय नेम” उसने बनवाटी गुस्से वाला इमोजी बनाकर भेजी।

“तुम मेरी बेटी ही जैसी हो। इसीलिए हम आपको बेटा ही कहेंगे” मैंने लिखकर भेजा

“नो-नो-नो, प्लीज कॉल मी बाय नेम। आई आम नोट यौर बेटा” उसने फ़रमान जारी कर दिया था।

“ओके” मैंने सिर्फ़ इतना लिखकर भेजा था।

“क्रिस्टीन कैसी है?” मैंने अपना प्रश्न दोहराया था।

“अच्छी है। आपके बारे चर्चा होती रहती है”

“अच्छा क्या बोलती है” एंजेलिना ने मेरी उत्सुकता को जगा दिया था

“यही कि आपने उनकी बहुत हेल्प की थी। जब वो आपके शहर में नौकरी करती थीं”

“और” मैंने पूछा

“और... क्यों बताऊँ..” उसने फिर शरारत की

“बताओ न बेटा”

“ओहो फिर बेटा!!” उसने फिर से गुस्से वाली इमोजी बना कर भेजी थी।

“ओके एंजेलिना अब बताओ क्या कहती है क्रिस्टीन मेरे बारे मे”

“बड़े एक्साइटेड हो रहे हैं बात क्या है” उसने मेरी चुटकी ली।

“तुम रहने दो मत बताओ” मैंने भी हल्के गुस्से वाली इमोजी भेजी।

“मॉम कहती हैं कि मेरी खाने-पीने की आदतें आपसे बहुत मिलती हैं। मुझे भी आपकी तरह मीठा बहुत पसंद है, जैसे खीर, लड्डू”

“हा हा” उसकी भोली बातें मुझे अंदर तक गुदगुदा गयी थीं।

“अच्छा आप अगले महीने देहरादून आ रहे हैं न?”

“अगले महीने क्या है?”

“ओह! माय गुडनेस। आपको ये भी ध्यान नहीं। अरे अगले महीने सत्रह अगस्त को मेरा बर्थडे है। आई एम टर्निंग स्वीट सिक्स्टीन” उसने फिर एक इमोजी भेजी

“मैं कोशिश करूँगा”

“कोशिश-वोशिश कुछ नहीं, सीधे चले आना। कोई बहाना नहीं चलेगा” उसने जिस लहजे से कहा मुझे क्रिस्टीन की याद हो आयी। वो भी इसी तरह बेबाक बातें करती थी।

“हाँ आऊँगा”

“अच्छा ये बताओ कि तुम्हें बर्थडे गिफ़्ट में क्या चाहिये?” मैंने क्रिस्टीन से पूछा तो एक पल के लिए कोई जवाब नहीं आया।

“बिना बहाने बनाये आप चले आना, यही मेरा बर्थडे गिफ़्ट है” उसने बिल्कुल क्रिस्टीन वाले अंदाज़ में कहा।

“अच्छा” मैंने बस इतना ही कहा।

“थोड़े बाल-वाल कलर कर लिया करो अंकल। आपकी उम्र में लोग तीन-तीन गर्लफ्रैंड रखते हैं और एक आप हो एक दम ...” उसने वाक्य अधूरा छोड़ दिया था।

“मुझे पसंद नहीं” मैंने बस इतना ही कहा।

“तुम्हारी पढ़ाई कैसी चल रही है?”

“ठीक चल रही है अंकल इस साल टेंथ दूँगी” अपनी पुत्री के मुख से बार-बार अंकल सुनना मुझे अंदर तक भेदे जा रहा था।

“अपना व्हाट्सएप नंबर देना अंकल” उसने माँगा तो मैंने अपना व्हाट्सएप नंबर दे दिया। जवाब में उसने अपना व्हाट्सएप नंबर दे दिया।

“गुड बाय बेटा” मेरे मुँह से फिर बेटा निकल गया तो उसने गुस्से वाला इमोजी भेजी।

“गुड बाय एंजेलिना” मैंने तुरंत सुधार किया तो जवाब में उसने हार्ट वाली

इमोजी बनाकर भेजी।

कैसी विडम्बना है, अपनी ही किशोरी पुत्री को बेटा नहीं बोल सकता और उससे मुँह से अंकल सुनना पड़ रहा है। कभी-कभी सोचता हूँ कि क्रिस्टीन से बोलूँ कि बच्ची को सब सच-सच बता दे पर डर लगता है कि जाने वो कैसे रिऐक्ट करे। नहीं अभी उपयुक्त समय नहीं है।

17

अगले दिन ऑफ़िस में क्रिस्टीन का फ़ोन आया। उसने मुझे बताया कि एंजेलिना अपने जन्मदिन पर मुझे बुलाने की ज़िद ज़िद कर रही है।

"हाँ, मुझसे पहले ही बात हो चुकी है" मैंने क्रिस्टीन को बताया यो वो थोड़ा चौंकी।

"तुमसे कब बात हुई?"

"हमारी बेटी ने फ़ेसबुक पर आई.डी. बनाकर मुझे फ्रैंड रिक्वेस्ट भेजी और फिर मुझसे ख़ूब चैटिंग की" मैंने कहा तो क्रिस्टीन हँसने लगी।

"मुझे तो कुछ नहीं बताया इस बारे मे" क्रिस्टीन ने हँस कर कहा।

"अरे पूछ लेना" मैंने भी हँसते हुए कहा।

"और क्या कह रही थी?"

"कह रही थी मुझे बेटा मत कहो, नाम से बुलाओ और कह रही थी कि थोड़े बाल-वाल कलर कर लिया करो अंकल, तुम्हारी उम्र में लोगों की तीन-तीन गर्लफ्रैंड होती हैं" कहते हुए मैं ज़ोर से हँसा।

"बहुत बदमाश है। आने दो ख़बर लेती हूँ। ये कोई तरीक़ा है बड़ों से बात करने का" क्रिस्टीन ने बनावटी गुस्से से कहा।

"बातों के मामले में तुम पर गयी है। उससे बात करके तुम्हारी याद आती है" मैंने कहा और उसके साथ बिताये गये मधुर क्षणों की स्मृति मेरे नीरस संसार में एक बिजली की रेखा की भाँति कौंध गयी।

"तुम आ रहे हो न? तुम आओगे तो बच्ची को अच्छा लगेगा"

"हाँ आऊँगा"

उसी दिन रात को एंजेलिना का व्हाट्सएप पर मैसेज आया-

"क्यों अंकल क्या हो रहा है?"

"ठीक हूँ, तुम कैसी हो?"

"क्या पाठ पढ़ा दिया मॉम को, मुझे बड़ा ज्ञान दे रही थीं। क्या हमारे बीच की बातचीत को तुम सीक्रेट नहीं रख सकते थे" मुझे महसूस हुआ कि वो मुझसे कुछ नाराज़ थी।

"क्या कहा क्रिस्टीन ने तुमसे?"

"अरे कुछ नहीं अंकल बस वही फ़ालतू का ज्ञान की बड़ों से कैसे बात करनी चाहिए"

मुझे एंजेलिना का रवैया बिल्कुल अच्छा नहीं लगा था।

"वो तुम्हारी माँ है उसकी बातों का बुरा नहीं मानते"

"ओ अंकल, अब तुम भी लेक्चर मत देने लगना। यार तुम्हारी फ़ेसबुक वाल पर तुम्हारी रंगीन कहानी, कविता पढ़कर मुझे लगा कि तुम वो पुराने टाइप के खूसट अंकल नहीं हो पर अब तुम भी लेक्चर दोगे तो मुझसे बर्दाश्त नहीं होगा" जाने क्रिस्टीन ने क्या कह दिया उससे कि इतनी खिसयाई हुई है। वो जिस तरह से मुझे 'तुम' कहकर संबोधित कर रही थी, मुझे बिल्कुल अच्छा नहीं लग रहा था।

मैंने "गुडनाइट" कहकर अपने मोबाइल का नेट ऑफ़ कर दिया था जिससे कि मैं उससे गुस्से में कुछ कह न बैठूँ। इस पर भी वो ज़िद्दी और उद्दंड लड़की ने मुझे वॉयस काल किया। मैं उस समय अर्चना के साथ था सो मैंने फ़ोन न उठाना ही उचित समझा। मैं रात भर यही सोचता रहा कि मैंने एंजेलिना के साथ ऐसा व्यवहार करके अच्छा नहीं किया। सुबह जब नेट ऑन किया तो एंजेलिना के ढेर सारे मेसेज पड़े हुए थे।

"क्यों अंकल क्या हुआ?"

"कुछ बोल क्यों नहीं रहे?"

"मेरा फ़ोन क्यों नहीं उठाया"

"बीवी के सामने मुझसे बात करने में डर लगता है?"

"कविताओं में तो बड़ी शेख़ी बघारते हो"

और सुबह चार बजे "सॉरी"

स्पष्ट था कि एंजेलिना रात भर सोयी नहीं थी। मैंने सुबह छः बजे उसे एक 'गुड मॉर्निंग' का मेसेज भेजा जिसमें मैंने लिखा था कि एंजेलिना हम मिलवत रह सकते हैं पर अगर तुम क्रिस्टीन के लिए कुछ ग़लत बोलोगी तो मुझसे बर्दाश्त नहीं होगा।

उसने मेसेज देख लिया था पर कोई जवाब नहीं दिया था। सुबह दस बजे उसका "ओके" लिखकर आया। मैंने फिर कोई जवाब नहीं दिया। शाम को फ़ोन करके मैंने क्रिस्टीन को पूरा वाक़िआ बताया, इस हिदायत के साथ कि कुछ भी एंजेलिना को न बताये।

"बहुत ज़िद्दी हो गयी है। कुछ भी बोलो तो तुरंत रिऐक्ट करती है"

"हाँ। उसे मेंटरिंग की ज़रूरत है" मैंने कहा।

"वो कुछ भी सुनने को तैयार नहीं होती" क्रिस्टीन ने लगभग झल्लाते हुए कहा

"शायद पिता की कमी उसे खल रही है" मैंने ग्लानि भाव से कहा।

"ऐसा मत कहो मैंने उसकी परवरिश में कोई कमी नहीं रहने दी है"

"तुम आ रहे हो न" क्रिस्टीन ने थोड़ा रुककर कहा।

"हाँ आना ही होगा। इस शैतान लड़की से आमने-सामने बात करनी होगी" मैंने हल्की हँसी हँसते हुए कहा।

कुछ बातें करके हमने फ़ोन रख दिया।

"हेल्लो" रात्रि दस बजे मेरे व्हाट्सएप नंबर पर एंजेलिना का संदेश आया।

"हेल्लो" मैंने जवाब दिया

"कल आप नाराज़ हो गये थे" उसके स्वर में नरमी थी

"भले ही तुमने मुझे बेटा कहने के लिए मना कर दिया है लेकिन मैं तुमको हृदय से अपनी पुत्री ही मानता हूँ। कल तुम्हारा रवैया मुझे पसंद नहीं आया।"

"ओह! अब रहने भी दीजिये। मेरे नसीब में पिता भगवान ने ही नहीं लिखे तो आप क्यों मेरे पिता बनने की कोशिश कर रहे हैं। हम दोस्तों की तरह रह

सकते हैं..” कहने के साथ ही उसने एक हँसती हुई इमोजी बनाकर भेज दी।

जवाब में मैंने कुछ कहना उचित नहीं समझा। मैंने भी उसे एक हँसती हुई इमोजी भेज दी। उसके बाद वो मुझे बताने लगी कि कैसे क्रिस्टीन छोटी-छोटी बातों पर उससे उलझती है। उसे क्रिस्टीन की बुराई करने में विशेष रस आता था इस बात को मैंने नोट किया था।

“मॉम का क्या है बस दिन भर लेक्चर, ये मत करो, वो मत करो, इससे बात मत करो, उससे मत बोलो अब आप बताओ क्या इतनी बंदिशों में कोई रह सकता है?”

“सही कह रही हो, मैं आऊँगा तो क्रिस्टीन को समझाऊँगा” मैंने उसकी बात का समर्थन करना ही उचित समझा।

“और आप बताओ, आप के तो अपने समय में बहुत क़िस्से रहे होंगे”

“कैसे क़िस्से”

“अब इतने भोले मत बनो आप, क़िस्से क्या होते हैं मुझे सब पता है। अब इतनी भी छोटी नहीं हूँ मैं” उसने अपने चुलबुले अंदाज़ में कहा

“अच्छा जब हम आपसे मिलेंगे तो हम आपको सारे क़िस्से बतायेंगे। अभी सोना ज़रूरी है कल फिर ऑफ़िस जाना है” मैंने बात को ख़त्म करने के उद्देश्य से कहा।

वो मेरा आशय समझ गयी थी इसीलिए एक दुखी मन वाला इमोजी बनाकर भेजा। मेरा मन अपनी पुत्री से और बात करने का था पर मजबूरी थी, इतनी रात को अगर अर्चना मुझे किसी किशोरी से चैट करते हुए देखेगी तो संभवत: ग़लत आशय निकालेगी। भारी मन से मैंने उसे बाय किया और फिर बिना उसके जवाब की प्रतीक्षा किये मोबाइल स्विच ऑफ़ कर दिया।

18

अगले दिन जब मैंने अपना मोबाइल खोला तो फ़ेसबुक में ढेरों नोटिफ़िकेशन पड़े थे। मैंने प्रोफ़ाइल पर जा कर देखा तो पाया एंजेलिना ने मेरे कई सारी फ़ोटो, कविताएँ, पोस्ट पर लाइक किया था। कुछ पोस्ट पर उसके कमेंट भी थे। सुबह चार बजे मेरे व्हाट्सएप पर उसका "गुड मॉर्निंग" का संदेश पड़ा था। मुझे उसका यह रवैया अस्वाभाविक-सा लगा। मैंने उसके गुड मॉर्निंग का उस समय कोई जवाब नहीं दिया। ऑफ़िस पहुँचकर मैंने उसके गुड मॉर्निंग का जवाब दिया। बहुत देर तक उसका जवाब नहीं आया। लगभग साढ़े ग्यारह बजे उसका जवाब आया "हेल्लो"

"तुम रात भर सोती नहीं हो क्या? "मैंने उससे पूछा।

"मैं सुबह चार-पाँच बजे सोती हूँ और ग्यारह बजे उठती हूँ"

"क्या करती रहती हो रात भर"

"कल तो आपकी कहानी, कविताएँ ही पढ़ती रही"

"और वैसे?"

"वैसे कुछ भी... लेकिन सुबह चार- पाँच बजे से पहले मुझे नींद नहीं आती" इस समय मैंने उससे उलझना उचित नहीं समझा।

"चलो बाद में बात करते हैं मैं अभी ऑफ़िस में हूँ" मैंने ऐसा कह बात ख़त्म करनी चाही

मेरा यह कहना शायद उसे अच्छा नहीं लगा इसीलिए उसने इस बात का कोई जवाब नहीं दिया। मैं अपने काम में मशगूल हो गया। उस रात एंजेलिना का कोई मैसज नहीं आया। मैं बराबर देखता रहा कि वो ऑनलाइन है पर उसने मुझे कोई संदेश नहीं भेजा। मुझे लगा की सुबह काम के चलते मैंने उससे बात

करने से मना कर दिया था शायद उसी का बदला ले रही है। कितनी नकचढ़ी लड़की है। अगली सुबह भी उसका कोई संदेश नहीं आया। सुबह दस बजे जब मैं ऑफ़िस पहुँचा तो मैंने अपनी तरफ़ से एक "गुड मॉर्निंग" का संदेश छोड़ दिया था। उसने मैसज देख लिया था पर तत्काल कोई भी जवाब देने से बचना चाह रही थी।

ग्यारह बजे फिर उसका जवाब आया "आपको मेरी याद कैसे आ गयी?"

मैंने उसके जवाब देने के अंदाज़ से ये अनुमान लगा लिया था कि शायद वो नाराज़ है।

"क्यों नहीं आनी चाहिए?"

"आती नहीं है न!" उसके शब्दों से गुस्सा झलक रहा था

"ऐसे क्यों बात कर रही हो"

"कुछ नहीं आप काम करो। ये आपके काम करने का समय है न" मेरा अंदाज़ा सही था। मैं उससे कल काम के चलते बात नहीं कर पाया था इसीलिए वो नाराज़ थी।

"गुस्सा थूकिये मैडम अब काम के समय काम तो करना ही पड़ता है" मैंने उसे मनाने के अंदाज़ में एक इमोजी के साथ ये संदेश भेजा तो वहाँ से भी एक हँसता हुआ इमोजी आ गया। हमने फिर कोई बात नहीं की। मुझे ख़ुशी थी कि एंजेलिना की नाराज़गी दूर हो गयी थी। मैं अपनी पुत्री को नाराज़ नहीं करना चाहता था। हाँ थोड़ी नकचढ़ी है पर है तो अपनी ही पुत्री। उस शाम को मैंने समय निकालकर क्रिस्टीन से बात की, उसे पूरा वाक़िआ बताया, एक बार फिर इस हिदायत के साथ की एंजेलिना को कुछ न बताये।

"देखो मैंने कहा था ना कि कितनी ज़िद्दी हो गयी है" क्रिस्टीन ने बनावटी गुस्से से कहा।

"कोई बात नहीं इस उम्र में ऐसा होना कोई बड़ी बात नहीं" जाने मैंने क्रिस्टीन को सांत्वना दी या स्वयं को।

"तुमसे बात होती है तो कुछ समझाते क्यों नहीं उसे" क्रिस्टीन ने कहा।

"यही तो बात है वो मुझसे कुछ समझना नहीं चाहती।"

"हाँ पता है मुझे। वो किसी से कुछ समझना नहीं चाहती" क्रिस्टीन से स्वर

में एक माँ का दुख व्याप्त था

"तुम चिंता मत करो मैं फिर भी उसे अपने तरीक़े से समझाने की कोशिश करूँगा" कहकर मैं क्रिस्टीन को फिर सांत्वना दी और फ़ोन रख दिया

रात ग्यारह बजे एंजेलिना का व्हाट्सएप मैसज आया "हेल्लो"। इत्तिफ़ाक़ से उस दिन शनिवार था और मैं जग रहा था। अर्चना और सब लोग गहरी नींद सो रहे थे।

"हेल्लो" मैंने जवाब दिया

"अरे... क्या बात है! मुझे तो उम्मीद ही नहीं थी कि आप जवाब दोगे इतनी रात को"

"कल संडे है। मुझे ऑफ़िस नहीं जाना है और अभी मुझे नींद नहीं आ रही"

"आप बुरा न माने तो एक बात बोलूँ?"

"बोलो" मैंने उत्सुकता से कहा।

"आपका मेरी मॉम से रिलेशन मुझे सिर्फ़ दोस्ती का लगता नहीं है"। कहते हुए उसने एक मज़ाक़ वाली इमोजी भेज दी। उसने संभवत: मज़ाक़ ही किया था पर मुझे लगा मेरी चोरी पकड़ी गयी है।

"ऐसा क्यों कहती हो बेटा" मेरे मुँह से फिर से बेटा निकल गया था पर इस बार उसने इस बात को नजरअंदाज़ कर दिया

"पता लग जाता है... उनके लिए कुछ कहूँ तो आपको बुरा लगता है और आपके लिए कुछ कहूँ तो उनको बुरा लगता है"

"तो क्यों कहती हो" मैंने सफ़ाई देने के बजाय दो टूक जवाब दिया

"मतलब मैं सही हूँ" उसने फिर पूछा

"हम पुराने दोस्त रहे हैं और तुम अगर कुछ कहोगी तो बुरा तो लगेगा ही। इसमें ग़लत क्या है"

"सिर्फ़ दोस्त.... या..?" उसने पूछ ही लिया जो पूछना चाह रही थी।

"तुम्हें क्या लगता है?"

"मुझे तो कुछ और ही लगता है"

"तो वैसा ही समझो और मेरे लिए अपनी माँ की बात मानो। वो तुमको

लेकर बहुत चिंतित रहती हैं"

"मॉम ने आपसे कुछ कहा क्या?"

"हम जब भी बात करते हैं तो तुम्हारी ही बात होती है। और कोई टॉपिक नहीं होता। इसी से मुझे पता है कि वो तुम्हें कितना प्यार करती है"

"अच्छा क्या कहती है मॉम, यही कि मैं उसकी कोई बात नहीं मानती। हमेशा ज़िद करती हूँ। हर बात पर रिऐक्ट करती हूँ। मुझे सब पता है कि क्या बात होती है"

"हाँ, यही कहती है। जब तुम जानती हो तो मानती क्यों नहीं। ये वक़्त अपनी पढ़ाई पर ध्यान देने का है। तुम जीवन में कुछ बनोगी तो क्रिस्टीन की तपस्या सफल होगी" मेरे मुँह से अनायास निकल गया था।

"क्या आप मेरे पापा के बारे में भी कुछ जानते हैं?" उसने मुझसे पूछा तो मेरा कलेजा धक् से रह गया।

"हाँ, पर तुम क्रिस्टीन के साथ प्रेम से रहो मैं तुम्हें समय आने पर कुछ बताऊँगा"

"कब?" उसने मुझसे पूछा।

"शायद तुम्हारी बर्थडे पर" लिखने के साथ ही मैंने उसे एक हँसता हुआ इमोजी बनाकर भेजा। एक पल बाद मुझे एहसास हुआ कि मैंने बग़ैर क्रिस्टीन से पूछे इतना बड़ा फ़ैसला कैसे ले लिया।

"माँ तो कहती है कि उनकी मेरे पिता से नहीं बनी और वो अलग हो गयीं"

"सही कहती हैं। पर और भी कुछ सही है जो उसने तुमको मजबूरी-वश नहीं बताया है"

"अच्छा!" उसने आश्चर्य से कहा।

"हाँ, मैं जब आऊँगा तुम्हें बताऊँगा पर तब तक के लिए तुम क्रिस्टीन के साथ प्रेम से रहोगी"

"ह्म्म" उसने मौन स्वीकृति दे दी थी। मुझे ख़ुशी थी कि मेरी बातों का उस पर असर हो रहा था।

उससे बात करते- करते मेरी आँख कड़वाने लगीं। घड़ी रात का दो बजा

रही थी। मैंने उसे "गुड नाईट" लिखकर भेजा तो उधर से भी "गुड नाइट" लिखकर आ गया था। मैंने क्रिस्टीन से बग़ैर पूछे इतना बड़ा फ़ैसला ले लिया था। जाने क्रिस्टीन कैसे रिऐक्ट करे।

19

मैंने अपनी मंशा क्रिस्टीन को बतायी तो आशा के अनुरूप उसने स्पष्ट इंकार कर दिया।

"कैसी बातें करते हो सोमेश ! मैंने उससे कहा था कि उसके पिता से मेरी नहीं बनी और हम अलग हो गये और अब तुम उसे सच बताकर मेरे जीवन में ही नहीं अपने जीवन में भी तूफान खड़ा कर दोगे"

"वो अब बड़ी हो गयी है, शायद बातों को समझे"

"बिल्कुल नहीं समझेगी और जाने मेरे बारे में क्या सोचेगी"

"ऐसा मत कहो मेरा मानना है कि अब समय आ गया है कि उसे सब सच-सच बता दिया जाये। उसको पता होना चाहिए कि इस दुनिया में वो अकेली नहीं है। उसका पिता है इस दुनिया में।"

"क्यों ज़िद कर रहे हो सोमेश ! क्या तुम्हें अपनी ज़िन्दगी में आने वाले भूचाल से डर नहीं लगता। क्या होगा जब अर्चना को पता चलेगा की तुम्हारे विवाह पूर्व भी सम्बन्ध रह चुके हैं और तुम्हारी एक बेटी भी है। क्या वो इस सदमे को सहन कर पायेगी?"

"मैं अपने किये की सज़ा एक नादान बच्ची को नहीं दे सकता। अरे.. जब मैं उससे कुछ करने के लिए या अपनी बात मानने के लिए कहता हूँ तो मेरा पापी मन मुझसे पूछता है कि किस अधिकार से तुम उससे ये कह रहे हो? तुमने तो उसे स्वीकारने से भी इंकार कर दिया था। तुम ये बात शायद न मानो पर मैं जानता हूँ कि एंजेलिना इतनी ज़िद्दी इसीलिए है क्योंकि उसे पिता का प्रेम नहीं मिला"

"सोमेश एक बार फिर ठंडे दिमाग से सोच लो"

"सोच लिया है, मैं अपनी छाती पर बोझ लेकर मरना नहीं चाहता"

"जब तुमने सोच लिया है तो फिर मुझसे क्यों पूछ रहे हो"

कहते हुए उसने फ़ोन रख दिया। मुझे पता है कि वो स्वयं से ज़्यादा मेरे जीवन में आने वाले तूफान को लेकर चिंतित है।

दो दिन बाद मैंने फिर से क्रिस्टीन को फ़ोन किया। इस बार उसका लहजा शान्त था, "देखो मैं तो इसलिए कह रही थी कि तुम्हारे जीवन में भूचाल आ सकता है। ये ज़िद्दी लड़की अगर कल को तुम्हारे घर पहुँच गयी तो... तुम्हारी अच्छी-ख़ासी ग्रहस्थी उजड़ सकती है"

"भगवान पर भरोसा रखो ऐसा कुछ नहीं होगा। मैं उसे अपने तरीक़े से समझाऊँगा"

"अगर यही करना था तो पंद्रह साल पहले क्यों नहीं अपना लिया मुझे?" क्रिस्टीन की बात मुझे तीर की तरह चुभी।

"उस समय मेरी उम्र कम थी। मैं डर गया था पर अब मैं अपनी ग़लती सुधार करना चाहता हूँ"

"ठीक है .. अब तुमने फ़ैसला ले ही लिया है तो मैं तुम्हारे साथ हूँ" क्रिस्टीन ने कहा तो मुझे बल मिला

"वैसे मैंने एंजेलिना के स्वभाव में कुछ परिवर्तन महसूस किया है। अब वो अपनी ही दुनिया में रहती है। मुझसे उतना झगड़ा नहीं करती। किसी बात की ज़िद नहीं करती। जो कह दूँ एक-दो बार न- नुकुर करने पर मान जाती है। क्या तुमने उससे कुछ कहा है?" क्रिस्टीन ने मुझसे पूछा।

"मैंने बस उससे इतना कहा था कि अगर वो तुम्हारे साथ प्रेम से रहेगी, तुमसे झगड़ा नहीं करेगी तो मैं उसके पिता के बारे में कुछ बताऊँगा"

"अच्छा... सुनो अगर वो सच जानने के बाद मुझसे और तुमसे नाराज़ हो गयी तो?... क्योंकि अभी कुछ भी हो पर समाज उसे नाजायज़ नहीं कहता पर सच जानने के बाद...?"

क्रिस्टीन की इस बात को नकारा नहीं जा सकता था और न ही इसकी संभावना से इंकार किया जा सकता था।

"उसको समझाने की ज़िम्मेदारी मेरी और तुम्हारी है। सच कितना भी

कड़वा हो सच होता है" मैं कह तो गया पर ख़ुद अपने आप को आश्वस्त नहीं कर पा रहा था। समाज परित्यक्ता को तो स्वीकार कर सकता है पर बिन-ब्याही माँ और उसकी औलाद को बिल्कुल नहीं। क्या सच जानने के बाद एंजेलिना के आत्मसम्मान को ठेस नहीं पहुँचेगी !

"हाँ" उत्तर में क्रिस्टीन ने मात्र इतना कहा। क्रिस्टीन ने फ़ोन रख दिया था पर मेरी चिंता की अग्नि को हवा दे गयी थी। क्रिस्टीन ने कुछ वाजिब प्रश्नों को उठाया था जिन्हें नजरअंदाज़ नहीं किया जा सकता। अगर एंजेलिना सत्य स्वीकार नहीं कर पायी तो क्रिस्टीन के साथ-साथ मेरा बसा- बसाया परिवार भी उजड़ सकता है।

इधर मेरी एंजेलिना से लगतार बात हो रही थी। मैं उसके अंदर आये परिवर्तन को महसूस कर रहा था। अब उसने मुझे"ओ अंकल" कहकर बुलाना बंद कर दिया था। अब वो अल्लहड़पन उसके अंदर नहीं था। वो मुझे "आप" कहकर संबोधित करने लगी। उसका बातचीत का लहजा भी नर्म होता गया। वो देर रात तक मुझसे चैट करना चाहती पर मैं अपनी कोई न कोई मजबूरी बता कर उससे पीछा छुड़ा लेता। अब वो मुझे ऑफ़िस समय में डिस्टर्ब नहीं करती थी, हम बस ऑफ़िस से आने के बाद रात नौ से ग्यारह तक चैट करते। जैसे- जैसे उसका जन्मदिन नज़दीक आता जा रहा था एक अनजाना-सा डर मुझे घेरता जा रहा था।

20

कोरोना महामारी इस समय देश में अपने विकरालतम रूप में है। अपने जानने- पहचानने वालों के संक्रमित होने और कुछ एक लोगों की मृत्यु की ख़बरें सुनने को मिल रही हैं। विशेषज्ञों की मानें तो हम सामुदायिक संक्रमण की तरफ़ बढ़ रहे हैं। शायद इस समय देश को एक और लॉकडाउन की और आवश्यकता है।

इस पेज को लिखते वक़्त मुझसे बहुत-सी आवाज़ें टकरा रही हैं। किचन से पानी गिरने की आवाज़, टी. वी. की आवाज़, पंखा चलने की आवाज़, अन्य मिश्रित आवाज़ें पर इन सब पर भारी पड़ रही है मेरी अंतरात्मा की आवाज़। मैं शान्त भाव से किचन में काम करती अर्चना और मस्ती में खेलते हुए गोलू को देख रहा हूँ। मैं स्वयं को इनके जीवन का दोषी मानता हूँ, पर ज़्यादा दोषी मैं स्वयं को क्रिस्टीन और एंजेलिना के जीवन का मानता हूँ।

"आपने भी बड़ा ससपेंस बना कर रखा है? जो बात आप मुझे मेरी बर्थडे पर बताने वाले हैं वो क्या अभी नहीं बता सकते" एंजेलिना ने मुझसे चैट करते हुए पूछा था।

"अरे एक ही हफ़्ता तो बचा है... जब इतना सब्र किया है तो थोड़ा और कर लो"

"अच्छा जी आप कहें तो हम जीवन भर सब्र कर लें" कहकर एंजेलिना ने हँसती हुई इमोजी भेजी थी। वो अब मुझसे इसी तरह छेड़-छाड़ किया करती थी।

"हो सकता है कि जो बात मैं बताऊँ वो सुनकर तुम्हें अच्छा न लगे" मैंने एंजेलिना के मन की थाह ली।

“अब आपकी कोई बात मुझे ख़राब नहीं लगती। आपके कहने पर मैं माँ से भी झगड़ा नहीं करती, आपको यक़ीन न हो तो मॉम से पूछ लो”

“हाँ क्रिस्टीन ने मुझे बताया”

“आपकी मॉम से कब बात हुई?”

“दो दिन पहले ही”

“मॉम ने आपको फ़ोन किया था या आपने मॉम को फ़ोन किया था?” उसने पूछताछ वाले लहजे में पूछा था।

“क्रिस्टीन ने ही मुझे काल किया था”

“मॉम क्या आपको अक्सर काल करती है?”

“हाँ क्यों?”

“न बस ऐसे ही पूछा”

मैंने भांप लिया था कि एंजेलिना को मेरा क्रिस्टीन से बात करना अच्छा नहीं लगता है लेकिन सीधे तौर पर वो मुझसे नहीं कहना चाहती थी। इस उम्र में ऐसा महसूस होना कोई बड़ी बात नहीं। साधारणत: मैं ही चैट ख़त्म करता था पर उस दिन एंजेलिना ने “नींद आ रही है” बोलकर चैट ख़त्म कर दी। ये उसका मूक विरोध दर्ज कराने का तरीक़ा था। मैं इस मूर्खा किशोरी के मनोभाव को भली-भाँति समझ रहा था। हम सब इस नाज़ुक दौर से गुज़र चुके हैं।

उस दिन के बाद तीन दिन तक एंजेलिना ने मुझसे बात नहीं की। मैं उसे रोज़ मैसेज भेजता था पर वो देखकर कोई जवाब नहीं देती थी। मैं समझता था उसके स्वभाव को, इस बार वो कॉल नहीं करेगी। मुझे ही पहल करनी पड़ेगी। अब देहरादून निकलने के लिए मात्र दो दिन शेष थे।

“कैसी हो?” मैंने कॉल करके पूछा

“क्या फ़र्क़ पड़ता है आपको?” उसने बेरुख़ीबेरुख़ी से जवाब दिया।

“ऐसा क्यों बोल रही हो बेटा?”

“आज तीन दिन बाद आपने सुध ली है” उसकी आवाज़ में बेरुख़ी बरक़रार थी।

“सुध तो मैं तुम्हारी रोज़ ले रहा था। तुम्हीं को जवाब देने की फ़ुरसत नहीं थी”

"किससे सुध ले रहे थे? मॉम से?" उसकी आवाज़ में गुस्सा झलक रहा था।

"ऐसा क्यों कह रही हो... जाने तुम किस बात पर नाराज़ हो"

"पता नहीं.."

"सुनो मैं परसों निकल रहा हूँ"

"मुझे पता है कि आप मेरी बर्थडे पर मॉम से मिलने आ रहे हैं" इस बार उसके स्वर में नर्मी थी।

"ऐसा नहीं है..." मैंने बस इतना कहा था

"अच्छा एक बात बताइये?"

"पूछो"

"क्या आपकी वाइफ़ जानती हैं कि आप मॉम से बात करते हैं?" उसने पूछा तो मैं एक पल के लिए सकते में आ गया। उसने मेरी दुखती रग पर हाथ रख दिया था।

"नहीं"

"क्या उन्होंने कभी बात करते हुए नोटिस नहीं किया?"

"मैं अर्चना के सामने क्रिस्टीन से बात नहीं करता" मैंने सच बोलना ही उचित समझा।

"मतलब आपके मन में चोर है?"

उसने पूछा तो मैंने मौन रहना ही उचित समझा। मेरे मौन में उसके प्रश्न का उत्तर निहित था। एक लंबा मौन हमारे बीच पसर गया था।

"अपना बर्थडे गिफ़्ट बोलो" मैंने ही मौन तोड़ा

"आप आ रहे हैं.. यही मेरा बर्थडे गिफ़्ट है"

"उसके इलावा बोलो?"

"इसके इलावा जो आप उचित समझें" उसका आहत स्वर सौम्य और शान्त हो गया था।

कुछ भावों को परिभाषित नहीं किया जा सकता, कुछ ऐसे ही भाव उसके

हृदय में उमड़ रहे थे।

"मुझे चर्च के लिए निकलना है। मैं आपसे बाद में बात करूँ?" कहकर उसने फ़ोन रखने की मंशा ज़ाहिर की।

"ओके बाय" कहकर मैंने फ़ोन रख दिया।

मैं समझ रहा था कि एंजेलिना मुझसे क्षुब्ध है मगर न वो खुलकर इसका कारण बयान कर पा रही है और न ही इस बात को छुपाने में समर्थ है।

21

मैं देहरादून पहुँचा तो पाया कि क्रिस्टीन अपने घर में नहीं थी। मेरा स्वागत एंजेलिना ने किया। एंजेलिना देखते ही मुझसे लिपट गयी। उसकी ख़ुशी उसके चेहरे पर झलक रही थी। लॉरीन मेरे लिए पानी रखकर, चाय और नाश्ता बनाने किचन में चली गयी थी।

"आई एम सो ग्लैड दैट यू केम" एंजेलिना ने मेरे सामने बैठते हुए कहा। उसकी मनमोहिनी हँसी उसके चेहरे के साथ उसकी आँखों को भी चमका गयी थी।

"क्रिस्टीन नहीं दिखाई दे रही?" मैं अपनी उत्सुकता को दबा नहीं पाया।

"अरे पहले हमसे तो मिल लीजिये। मॉम से तो आप बहुत पहले ही मिल चुके हैं" उसने चुहल करते हुए कहा था।

"अरे आपसे मिलने के लिए ही तो आये हैं" मैं कह ज़रूर गया था पर मेरी बात का उथलापन वो बच्ची भांप गयी थी। मैं जिस तरह बेचैन हो कर यहाँ-वहाँ देख रहा था वो समझ रही थी कि मैं क्रिस्टीन को ही खोज रहा था।

"अरे आ जायेगी - आ जायेगी स्कूल गयी है" उसने शायद मेरे चेहरे के भाव पढ़ लिये थे।

"लॉकडाउन में स्कूल?"

"अरे कुछ काम के लिए बुलाया गया है। वैसे भी ऑनलाइन क्लासेस तो चल ही रही हैं, तो मॉम स्कूल की लाइब्रेरी में ही कंटेंट तैयार करती है"

"अच्छा"

लॉरीन मेरे लिए चाय- नाश्ता रखकर वापस अपने काम में तल्लीन हो

गयी थी।

"तो कहाँ है मेरा बर्थडे गिफ़्ट?"

मैंने अपने बैग से एक पैकेट निकालकर आगे कर दिया।

"विश यू ए वेरी हैप्पी बर्थ-डे डियर" मैं थोड़ा भावुक हो गया था।

एंजेलिना मेरे सामने ही पैकेट खोलने लगी।

"ब्यूटीफुल" उसने मेरी लायी हुई रिस्ट वॉच को हाथ में लेते हुए कहा तो जवाब में मैं बस मुस्करा दिया।

"अब इसे पहनायेगा कौन?" कहते हुए उसने रिस्ट वॉच आगे बढ़ा दी और मेरे बग़ल में आकर बैठ गयी।

मैंने उसकी पतली कलाई में रिस्ट वाच पहनायी तो वो अपनी कलाई ऊपर-नीचे करके देखने लगी।

"कैसी लग रही है?" उसने मुझसे पूछा।

"बहुत सुंदर"

"कौन वाच या मैं?"

"दोनों" मैंने कहा तो उसकी आँखें चमक उठीं।

"अच्छा, लेकिन ये मेरा बर्थ-डे गिफ़्ट नहीं है, बर्थ-डे गिफ़्ट तो वो होगा जो आप मुझे बताने वाले हैं"

"हाँ लेकिन वादा करो कि ये जानकर तुम मुझसे या अपनी मॉम से नाराज़ नहीं होगी"

"अरे थोड़ी नाराज़ हो भी जाऊँ तो क्या आप मुझे मना न लेंगे?"

"एंजेलिना, सुनो ये बात 17 साल पुरानी है। तुम्हारी मॉम और मैं एक ही शहर में नौकरी करते थे और एक ही मकान के अलग-अलग कमरे में किराये पर रहते थे......" और धीरे - धीरे मैंने उसे पूरा अतीत कह सुनाया। मैं उसके चेहरे पर चढ़ते- उतरते भाव का बड़ी बारीकी से निरीक्षण कर रहा था। उसके चेहरे का भाव निर्विकार हो गया था।

"इसका मतलब आप मेरे पापा हैं?" उसने आश्चर्य से पूछा तो मैंने बस ख़ामोशी से सर हिला दिया। वो बिना कुछ बोले उठकर चली गयी। पीछे खड़ी

क्रिस्टीन ने हमारी सब बातें सुन ली थी। वो ख़ामोशी से मेरे सामने आकर बैठ गयी थी।

"मैं उसे समझाने की कोशिश करूँगी" क्रिस्टीन ने मेरे हाथ पर अपना हाथ रखते हुए कहा।

"उसे थोड़ा समय दे दो... उसके लिए सब कुछ अचानक बदल गया है"

"हाँ! अब तक उसे यही लगता था कि उसके पिता से मेरी नहीं बनी और हम अलग हो गये पर आज अचानक उसके सामने एक अलग ही रहस्य का उद्घाटन हुआ है"

"इसके इलावा भी बहुत कुछ बदल गया है" मैंने सर झुका कर कहा तो संभवत: क्रिस्टीन ने मेरे कहने का आशय समझा।

"तो फिर तो उसे तुम्हीं समझा सकते हो" कहते हुए एक मीठी मुस्कान उसके चेहरे की कांति बढ़ा गयी।

"तुम बैठो मैं तुम्हारे लिए चाय बनाकर लाती हूँ" कहते हुए क्रिस्टीन उठने लगी।

"नहीं, मैं चाय पी चुका हूँ"

"तो...मेरे हाथ की नहीं पियोगे क्या?" उसने जिस मनचली मुस्कान के साथ ये बात कही थी, एक पल के लिए मुझे वो अपनी सतह वर्ष पुरानी क्रिस्टीन लगने लगी थी।

"पियूँगा" मैंने कहा तो वो मुस्कराती हुई किचन चली गयी।

22

"एंजेलिना ...." मैं खाने की थाल लिये एंजेलिना के कमरे में दाख़िल हुआ तो एंजेलिना को शून्य में ताकते हुए पाया। वो मेरे आने की आहट सुनकर सजग हो गयी थी। वो कुर्सी पर बैठी हुई सुबक रही थी। कमरे में हल्की रौशनी थी। मैं क्रिस्टीन के साथ कमरे में दाख़िल हुआ तो क्रिस्टीन ने एक बड़ी लाइट जलाकर कमरे में उजाला किया।

"लो खाना खा लो" मैंने एंजेलिना के सामने खाने की थाल रखते हुए कहा।

"नहीं मुझे भूख नहीं है" अनुमान के अनुरूप एंजेलिना ने थाली सरकाते हुए कहा।

"खाने पे क्या गुस्सा उतारना?"

"मैं गुस्सा नहीं उतार रही हूँ। मुझे बस भूख नहीं है" एंजेलिना ने झुँझलाहट के साथ कहा।

"खा लो बेटा... देखो तुम्हारे पापा ख़ुद खाना लेकर आये हैं" क्रिस्टीन ने कहा तो एंजेलिना ने तीख़ी दृष्टि से क्रिस्टीन को देखा। वो नज़र अंतरमन को भेदने वाली थी। मानो बोलने में असमर्थ बच्ची ने अपनी आँखों से क्रिस्टीन को ग्लानि बोध करवा दिया।

"कह दिया न मुझे भूख नहीं है" एंजेलिना का गुस्सा आख़िर फूट पड़ा।

"देखो कैसे बात करती है" क्रिस्टीन ने दुखी होकर मुझसे कहा तो मैंने उसे हाथों से चुप रहने का इशारा किया।

"क्रिस्टीन क्या तुम कुछ समय के लिए मुझे एंजेलिना के साथ अकेले छोड़ सकती हो?" मैंने कहा तो क्रिस्टीन बिना कुछ कहे कमरे से बाहर निकल गयी।

मैं एंजेलिना के सामने वाली कुर्सी पर बैठ गया। उसने मुझे देखा और फिर नज़रें नीचे झुका ली। उसके आँसू अभी भी बह रहे थे।

“तुम्हारा दोषी मैं हूँ। मुझे सज़ा दो पर क्रिस्टीन के लिए अपने मन में कोई ख़राब भाव मत रखो।” मैंने एंजेलिना के हाथ के ऊपर अपना हाथ रखते हुए कहा। मानव स्पर्श में पाषाण हृदय को पिघलाने की क्षमता होती है। एंजेलिना जो अभी तक सुबक रही थी, मेरा स्पर्श पाते ही फूट-फूटकर रोने लगी। मैं बस उसके हाथ को थपथपा रहा था।

“मुझे ख़ुश होना चाहिए कि मुझे पापा मिल गये हैं पता नहीं मैं रो क्यों रही हूँ?” उसने रोते हुए कहा

“क्योंकि तुम इस बात के लिए तैयार नहीं थी। तुम्हारी उम्र में इनफेचुएशन होना कोई बड़ी बात नहीं पर अब जब सच्चाई तुम्हारे सामने है तो तुम इसको स्वीकारना नहीं चाहती”

“हाँ शायद आप ठीक कह रहे हैं” उसने अपने आँसू पोंछते हुए कहा।

“मैं तुम्हें ये भी बताना चाहता हूँ कि मैं तुम्हें इस दुनिया में लाना नहीं चाहता था। ये क्रिस्टीन की ही ज़िद थी कि कुछ भी हो वो तुमको जन्म देगी ही... इसीलिये जब कभी क्रिस्टीन से किसी बात पर नाराज़ होना तो उस नाराज़गी का रुख़ मेरी और मोड़ लेना” मैंने कहा तो उसने भावहीन आँखों से मेरी तरफ़ देखा।

“आप ये सब मुझे क्यों बता रहे हैं। मेरी मन में आपके लिए कोई दुर्भावना नहीं है”

“क्रिस्टीन के लिए भी मत रखना” मैंने उसकी आँखों में झाँक कर कहा। उसने बस नज़रें फेर ली थीं। बोली कुछ नहीं थी।

“नहीं रखूँगी” उसने कह तो दिया पर उसकी आँखें उसके कथन की गवाही नहीं दे रही थीं।

“लो अब खाना खा लो। आज तुम्हारा बर्थ-डे है, अपना मूड ठीक कर लो” मैंने कहा तो वो हल्के से मुस्कराई। अपनी बेटी के चेहरे पर हँसी देखकर मेरा मन भी हल्का हो गया। वो खाना खाने लगी थी। उसने अपना मूड ज़बरदस्ती ठीक कर लिया था पर मुझे लग रहा था कि क्रिस्टीन की तरफ़ से उसका मन खट्टा हो गया था। मैं उसे गुड नाइट कहकर बाहर आया तो क्रिस्टीन को बरामदे

लॉकडाउन पेजेस

में ही खड़े पाया। उसने संभवत: हमारी सारी बातें सुन ली थीं।

"उसको सामान्य होने के लिए थोड़ा समय चाहिए होगा। हमें उसे वो समय देना होगा" मैंने चिंतातुर क्रिस्टीन के कँधे पर हाथ रखते हुए कहा।

"देखो अभी तुम हो तो कुछ नहीं बोलेगी, तुम्हारे जाने के बाद ही कुछ न कुछ बहाना निकालकर मुझसे लड़ेगी" क्रिस्टीन ने अपनी चिंता प्रकट की।

"लड़ने दो, तुम उसकी बातें सुन लेना पर पलटकर जवाब मत देना। तुम जवाब दोगी तो वो और रिऐक्ट करेगी"

हम चलते-चलते घर के गार्डन में आ गये थे। वहीं पर पड़ी बेंच पर बैठ गये। क्रिस्टीन ने अपना सर मेरे कँधे पर टिका दिया था।

"कल कितने बजे निकलोगे?"

"बारह बजे यहाँ से दिल्ली के लिए बस है"

"कुछ दिन रुक जाते.." क्रिस्टीन ने याचक भाव से कहा तो मेरा मन आद्र हो गया।

"इस बार संभव नहीं है। लॉकडाउन में घर से कोई आने ही नहीं दे रहा था। मैं झूठ बोलकर आया हूँ कि बहुत ज़रूरी मीटिंग है, कल तक लौट आऊँगा"

"फिर कब आओगे?" क्रिस्टीन ने कातर निगाहों से मुझे देखते हुए पूछा।

"जल्दी" मैं कह तो गया पर स्वयं अपनी बातों पर विश्वास नहीं कर पा रहा था।

"न तुम जल्दी आ सकते हो, न मैं चाहूँगी कि तुम जल्दी आओ। तुम्हारा एक बसा-बसाया परिवार है जो ज़रा-सी लापरवाही से बिखर सकता है" उसने कहते हुए अपना सर मेरे सीने में छुपा दिया।

23

"तो कैसी रही तुम्हारी मीटिंग" अर्चना ने मुझे खाना परोसते हुए पूछा।

"ठीक रही"

"ये कोई समय है मीटिंग करने का ? पूरे विश्व में महामारी फैली हुई है और तुम लोग मीटिंग कर रहे हो"

"कुछ काम ज़रूरी होते हैं। करने पड़ते हैं"

मैं लौट आया था। अपने साथ अपनी पुरानी ज़िन्दगी के एहसास लिये। क्रिस्टीन के बाद मैंने एंजेलिना के अनुरोध को भी दरकिनार कर दिया था।

"कुछ दिन रुक जाते पापा" उसकी आँखों में आँसू और आग्रह दोनों थे।

"इस बार संभव नहीं है बेटा" मैंने उसके समक्ष अपनी मजबूरी ज़ाहिर की थी। प्रतिउत्तर में उसने कहा कुछ नहीं था बस मेरे कँधे पर अपना सिर रख दिया था। उसकी अश्रुधार ने मेरी क़मीज़ के साथ मेरे हृदय को भी भिगो दिया था। देहरादून में एक दिन के लघु प्रवास ने मेरे अपराध बोध को द्विगणित कर दिया था। कभी- कभी सोचता हूँ कि अर्चना को सब सच- सच बता दूँ जिससे कि मैं अपनी दोहरी ज़िन्दगी से मुक्ति पा सकूँ। पर मैं अर्चना को भली- भाँति जानता हूँ वो कभी मेरा बँटवारा स्वीकार नहीं करेगी। मैं उस दिन की कल्पना करके घबराता हूँ जिस दिन अर्चना को सच पता चलेगा। उस दिन मैं उसकी नज़रों में हमेशा के लिए नीचे गिर जाऊँगा। मैंने अपने पहुँचने की सूचना देने के लिए क्रिस्टीन को फ़ोन किया तो क्रिस्टीन ने मुझे बताया की एंजेलिना बिल्कुल गुमसुम बैठी है, किसी से कुछ बात नहीं कर रही है। दोपहर में मैंने समय निकालकर एंजेलिना को फ़ोन लगाया तो उसने फ़ोन नहीं उठाया। थोड़ी देर बाद मैंने फिर फ़ोन लगाया तो इस बार उसने फ़ोन उठाया।

“क्या कर रही थीं?”

“कुछ नहीं सो रही थी”

“दोपहर हो चुकी है और तुम सो ही रही हो”

“हाँ” उसने बड़ा रूखा-सा जवाब दिया तो मुझे समझ ही नहीं आया कि क्या कहूँ।

“तुम अपने आप को किस बात की सज़ा दे रही हो?” मेरे मुँह से निकला।

“नहीं कुछ नहीं बस कल रात में देर से सोना हुआ सो आज देर तक सोती रही”

“अब उठो तुम्हारी मॉम तुम्हारे लिए परेशान हो रही हैं”

“वो कब परेशान नहीं होती हैं” क्रिस्टीन का ज़िक्र आते ही एंजेलिना की आवाज़ में तेज़ी आ गयी थी, जाने क्या चिढ़ थी इसे अपनी माँ से।

“एंजेलिना मैंने तुमसे पहले भी कहा था कि तुम्हारा दोषी मैं हूँ, तुम मुझे सज़ा दो पर क्रिस्टीन को नहीं”

“नहीं मेरी गुनहगार मॉम हैं, उन्होंने मुझे इतने सालों तक आपसे दूर रखा। जो सच मुझे आपने बताया वो मुझे मॉम को बताना चाहिए था”

“पर तब तुम बहुत छोटी थीं, तुम चीज़ों को समझ नहीं सकती थीं। जब हमें लगा कि तुम चीज़ों को समझ सकती हो, हमने तुम्हें बताया”

“हमे लगा! या सिर्फ़ आपको लगा? जहाँ तक मुझे लगता है कि ये निर्णय सिर्फ़ आपका था? क्यों था न? अब झूठ मत बोलियेगा? “

 उसने मुझे कटघरे में खड़ा कर दिया था।

“हाँ था पर क्रिस्टीन की भी सहमत थी”

“सहमत से क्या होता है? ये पहल उन्हें करनी चाहिए थी, उन्हें मुझे आपसे मिलवाना चाहिए था”

“क्रिस्टीन नहीं चाहती थी कि मेरी फ़ैमिली-लाइफ़ डिस्टर्ब हो इसीलिए उसने इस सच को अब तक तुमसे छिपाये रखा। सच्चा प्यार कुर्बानी का नाम है और ये बात समझने के रलिए तुम्हारी उम्र और तजुर्बा दोनों बहुत कम हैं”

“हाँ, सही बात है इसीलिए उन्होंने अपने प्यार की ख़ुशी के लिए अपनी

बेटी की ख़ुशी को क़ुर्बान कर दिया" एंजेलिना ने कटाक्ष किया।

"तुम बात को ग़लत दिशा में ले जा रही हो"

"मैं बिल्कुल सही दिशा में बात को ले जा रही हूँ पर आप मेरी तरफ़ से सोचना नहीं चाहते। आप हमेशा मॉम को डिफेंड करते हैं" उसने चिल्लाते हुए कहा था।

"एंजेलिना... मेरी बच्ची मेरी बात सुनो, मैं जानता हूँ कि तुम्हारे साथ जो भी हुआ है ग़लत हुआ है पर मैं तुम्हें यक़ीन दिलाता हूँ इसके ज़िम्मेदार सिर्फ़ क्रिस्टीन नहीं हम दोनों हैं और आज मैं तुमसे वादा करता हूँ कि मैं समाज में तुम्हें तुम्हारा हक़ हक़ दिलाऊँगा" मैंने बिना सोचे समझे उससे वादा कर लिया था।

"सच में? क्या मैं समाज में आपको अपना पापा कह पाऊँगी?"

"बिल्कुल, पर इसके लिए मुझे कुछ समय चाहिए होगा"

"समय चाहें जितना भी ले लीजिये पर मुझे मेरे पापा चाहिए" उसका स्वर अब शान्त हो गया था।

"अब जाओ उठो, अपनी मॉम को परेशान मत करो"

"ओके"

एंजेलिना से बातचीत के बाद मैं पूरे दिन डिस्टर्ब रहा था। आज इस बारे में मैंने क्रिस्टीन से भी कोई बात नहीं की थी। क्रिस्टीन ने मेसेज करके यह बता दिया था कि मुझसे बातचीत के बाद एंजेलिना नॉर्मल बिहेव कर रही है। मेरे लिए ये सुकून भरी ख़बर थी।

"हे भगवान.... मैं सब्ज़ी में नमक डालना भूल गयी और तुमने खाते समय मुझे बताया भी नहीं। तुम्हारा ध्यान कहाँ रहता है आजकल" अर्चना ने कहा तो मेरी विचार-शृंखला भंग हुई।

"पता नहीं मुझे तो महसूस नहीं हुआ। तुम्हें कम लग रहा है तो ऊपर से डाल लो"

"देख रही हूँ कि तुम्हें आजकल बहुत चीज़ें महसूस नहीं हो रही हैं" कहकर अर्चना हँसने लगी तो मुझे लगा मेरी चोरी पकड़ी गयी।

24

"मुझसे बिना पूछे तुमने इतना बड़ा फ़ैसला कैसे ले लिया" क्रिस्टीन फ़ोन पर लगभग मुझे डाँट-सा रही थी। वो मेरे फ़ैसले से क्षुब्ध थी।

"मुझे जो सही लगा मैंने किया। उस बच्ची के साथ ग़लत तो हुआ है, अब चाहें हम ये मानें या न मानें"

"तो.. अब क्या करोगे?"

"पता नहीं पर जो कहा है वो पूरा करूँगा"

"देखो मुझे अपनी चिंता नहीं है पर कहीं इस लड़की के चलते तुम्हारे परिवार में कोई दिक़्क़त न हो। ये फ़ैसला करने से पहले तुमने ये तो सोचा होता कि तुम समाज में एक सम्मानित पद पर हो और लोग जानेंगे तो ...." उसने अधूरे वाक्य में अपना पूरा भय जता दिया था।

"तुम और एंजेलिना भी मेरे अपने ही हो..."

"नहीं मैं तुम्हें अपना परिवार ऐसे बर्बाद नहीं करने दूँगी। मैं बात करूँगी इस ज़िद्दी लड़की से"

"तुम उससे कुछ बात नहीं करोगी... मैंने उससे थोड़ा समय माँगा है... मुझे थोड़ा समय चाहिए सोचने के लिए"

"अच्छे से सोच लो और फिर जो तुम्हें ठीक लगे वही करो" कहते हुए उसने फ़ोन रख दिया।

एंजेलिना ने कुछ ग़लत तो नहीं माँगा है, अपना हक़ हक़ ही तो माँग रही है। मुझे अर्चना से बात करनी ही होगी, और कोई चारा नहीं है। मैं इसके परिणाम भुगतने को भी तैयार हूँ। क्या होगा... अर्चना के मन में मेरी जो अच्छी

छवि बनी है वो सदैव के लिए नष्ट हो जायेगी पर उसके बाद उस बच्ची को उसका हक़ हक़ तो मिल जायेगा। हाँ, इसके बाद मुझे अपने ही घर में लज्जित होकर रहना पड़ेगा पर इस बच्ची को उसका हक़ हक़ दिलाने के लिए ये क़ीमत बहुत कम है।

"अर्चना मुझे तुमसे कुछ बात करनी है" मैंने रात में अर्चना से कहा।

"बात तो मुझे भी तुमसे कुछ करनी है" अर्चना ने हँसते हुए मेरे गले में हाथ डाल दिया। अर्चना के इस अप्रत्याशित व्यवहार पर मुझे आश्चर्य हुआ। साधारणत: अर्चना रात तक घर का काम निबटाते हुए इतना थक जाती है कि वो चाहकर भी इतना प्रेमपूर्ण व्यवहार नहीं कर पाती।

"बोलो क्या कहना है? पहले तुम ही बोलो" मैंने अर्चना को पहले बोलने के लिए कहा।

"मैं ये कह रही थी... कि... कि... तुम फिर से पापा बनने वाले हो" अर्चना ने अपनी बात ख़त्म की और खिसक कर मेरे पास आ गयी।

हे प्रभु ये कैसी विडम्बना है, मुझे ख़ुश होना चाहिए या दुखी होना चाहिए। निश्चित ही ये सही समय नहीं था अर्चना को कुछ भी बताने का। ज़रा-सा स्ट्रेस अर्चना के लिए घातक हो सकता है।

"तुम ख़ुश नहीं हो?" अर्चना ने मेरा भावहीन चेहरा देखकर कहा।

"ऐसा कुछ नहीं है। मैं ख़ुश हूँ"

"नहीं तुम झूठ बोल रहे हो, तुम ख़ुश नहीं हो"

"मैं बहुत ख़ुश हूँ, तुम बस पूरी एहतियात बरतना और स्ट्रेस मत लेना" कहते हुए मैंने अर्चना के चेहरे पर हाथ रखा तो वो आश्वस्त हुई।

"अब तुम बताओ क्या बताने वाले थे?"

"कुछ विशेष नहीं, तुम सो जाओ कल बात करते हैं"

"नहीं बताओ" अर्चना ने ज़िद पकड़ ली थी।

"अरे कुछ एक काग़ाज़ों पर तुम्हारे दस्तख़त चाहिए थे, सो जाओ कल कर देना"

"कौन से काग़ाज़?"

“कार लोन के”

“चलो तुम्हें नयी कार लेने का विचार तो आया। बीच-बीच में कितना परेशान करती है”

“हाँ इसीलिए तो”

अर्चना बात करते-करते सो गयी थी पर मेरी आँखों से नींद नदारद थी। मैं अपने ही विरुद्ध एक जंग लड़ रहा था जहाँ जीता तो भी हारा और हारा तो हारा ही।

“एंजेलिना मुझपे भरोसा रखो, तुम्हें तुम्हारा हक़ ज़रूर मिलेगा पर अभी सही समय नहीं है अर्चना से बात करने का” मैं अगले दिन फ़ोन पर एंजेलिना को समझा रहा था।

“मुझे आप पर पूरा भरोसा है पापा पर सब ठीक तो है?” एंजेलिना ने चिंता ज़ाहिर करते हुए कहा।

“हाँ ठीक है पर अर्चना इस समय प्रेग्नेंट है। मैं उसे स्ट्रेस देना नहीं चाहता” मैंने कहा तो एक पल के लिए सन्नाटा छा गया।

“ये तो बड़ी ख़ुशी की बात है, बधाई हो आपको”

“थैंक यू। आई होप यू अंडरस्टैंड”

“आई डू। आई एम सो हैप्पी फ़ॉर यू” एंजेलिना के शब्दों और स्वर में सच्चाई थी।

“पापा मुझे आप पर पूरा भरोसा है कि अगर आपने कुछ कहा है तो पूरा ज़रूर करेंगे। वैसे भी मेरे लिए तो आपका मिलना ही बहुत है। अगर आप मुझे नहीं बताते तो शायद मुझे सच्चाई कभी पता नहीं चलती क्योंकि मॉम तो मुझे बताने वाली थी नहीं”

“अपनी मॉम की तरफ़ से अपना मन मैला मत रखो। ध्यान रखो तुमको पालने, पोषने और तुम्हारी सारी ज़िम्मेदारी अभी तक तुम्हारी मॉम ने ही अकेले उठायी है। मैं कहीं भी नहीं हूँ”

“मुझे पता है पापा। आप लोग जितना इनसेंसिटिव मुझे समझते हैं उतनी मैं हूँ नहीं”

"तुम्हें कोई इनसेंसटिव नहीं समझता है"

"पापा मुझे लगता है कोई फ़ोन आ रहा है। बाद में बात करते हैं" कहते हुए एंजेलिना ने फ़ोन रख दिया। क्रिस्टीन का नाम आते ही ये लड़की उखड़ जाती है।

एंजेलिना के फ़ोन रखने के थोड़ी देर बाद क्रिस्टीन का फ़ोन आया- "क्या बात है सोमेश बाबू छक्के पर छक्के लगाये जा रहे हो" संभवत: एंजेलिना ने क्रिस्टीन को अर्चना की प्रेग्नैन्सी के बारे में बता दिया था।

"क्या हुआ?" मैंने फिर भी अंजान बनते हुए पूछा।

"दोबारा पापा बनने की बधाई हो" क्रिस्टीन ने अपने चिर- परिचित अंदाज़ में कहा।

"ओह! थैंक यू"

"मुझे लगता है कि तुम्हें अपने फ़ैसले पर एक बार फिर विचार कर लेना चाहिए" क्रिस्टीन ने छूटते ही कहा।

"इस बारे में मेरी एंजेलिना से बात हो गयी है। मैंने उससे थोड़ा समय माँगा है और वो इस बात पर राज़ी है"

"ठीक है पर इस समय तुम अर्चना का ख़याल रखो" और थोड़ी बात करके हमने फ़ोन रख दिया।

मैं अपने फ़ैसले पर अडिग हूँ। एंजेलिना को उसका हक़ ज़रूर मिलेगा।

25

क्रिस्टीन ने मुझे बताया की एंजेलिना की रुचि लेखन में होने लगी है। वो अपनी डायरी में कुछ लिखती रहती है। ये सुनते ही मुझे एहसास हुआ कि कुछ दिनो से एंजेलिना अपनी फ़ेसबुक वाल पर कविताएँ पोस्ट करती है। मुझे नहीं पता था कि ये कविताएँ उसने स्वयं लिखी हैं।

"तुम्हारे जीन्स असर दिखाने लगे हैं सोमेश बाबू" क्रिस्टीन ने मुझसे मज़ाक़ करते हुए कहा था।

प्रथम दृष्या मुझे उसकी रचनाएँ जीवन के प्रति निराशा और अपने अस्तित्व के प्रति तिरस्कार से भरी लगीं।

"एक सुनसान रेलवे स्टेशन की अकेली बेंच पर

ट्रेन का इंतज़ार करती मैं,

रात का गहरा सन्नाटा

मेरे अकेलेपन के साथ मिलकर चीख़ता है,

देर हुई, मैं अधीर हुई

टिकट काउंटर पर पूछा

तो बताया इस स्टेशन पर अब कोई ट्रेन नहीं आती

बताओ मैं कहाँ जाऊँ"

कॉन्वेंट में पढ़ी लड़की हिन्दी में इतनी अच्छी कविता कर सकती है, इसका मुझे अंदाज़ा नहीं था। उसकी लेखनी में उसका मर्म झलकता है। अर्चना की प्रेग्नैन्सी न होती तो मैं आज ही उसे सब सच बता देता।

"तुम तो बहुत अच्छी कविता लिख लेती हो" मैंने एंजेलिना की तारीफ़ करने के लिए उसे फ़ोन किया

"अरे कहाँ! अभी शुरू की है। बस थोड़ी- थोड़ी तुकबंदी कर लेती हूँ। अब आप वाली बात कहाँ!"

"तुम्हारी उम्र में मैं हाफ़ पैंट पहनकर खेलता था। कविता का 'क' भी नहीं पता था। पर इतना दर्द और बेबसी क्यों झलकती है तुम्हारी कविता में?"

"ज़िन्दगी ने जो दिया है वही तो झलकेगा?"

"तुम अभी से दार्शनिक बातें करने लगी हो? ऐसा क्या दुःख लग गया तुमको?"

"दुख कोई नहीं है बस एक अधूरेपन का एहसास हर समय सालता रहता है। क्या आपको भी कभी ऐसा महसूस हुआ है?"

"हाँ हुआ है और अभी भी अक्सर होता है"

"क्या इसे दूर करने का कोई उपाय नहीं है?"

"मैं ये तो नहीं बता सकता कि इसे दूर करने का कोई उपाय है या नहीं, पर इतना ज़रूर कहूँगा कि मुझे वो उपाय नहीं मिला। तुम कोशिश करो तो शायद मिल जाये और जब तुम्हें मिले तो मुझे ज़रूर बताना" एंजेलिना से बात करते हुए मुझे लग रहा था कि मैं अपने अतीत से बात कर रहा हूँ।

"तो क्या मॉम को भी होता होगा?"

"हाँ सभी को होता है, कुछ लोग हमारी तरह क़िस्से- कहानियाँ, कविताएँ लिखने लगते हैं, कुछ लोग नशा करने लगते हैं, फिर कुछ लोग अपने आप को काम में व्यस्त कर लेते हैं और कुछ लोग अध्यात्म की राह पकड़ लेते हैं"

"मुझे क्या करना चाहियें?"

"इसका उत्तर भी तुम्हारे ही पास है। कोई रेडीमेड जवाब नहीं हो सकता और एक ही जवाब सब के लिए लागू नहीं हो सकता"

"थैंक यू पापा"

"थैंक यू किसलिए?"

"कुछ नहीं, बस आपसे बात करके अच्छा लगता है" उसने मुझे बाय कहते

हुए फ़ोन रख दिया था।

एंजेलिना की तरफ़ से मेरी चिन्ताएँ बढ़ गयी हैं। वो जिस मानसिक दौर से गुज़र रही है वहाँ फिसलने की संभावनाएँ अनंत हैं। मुझे लगता है कि मुझे ज़्यादा देर न करके अर्चना को सब सच-सच बता देना चाहिए जिससे कि एंजेलिना को उसका हक़ दिलाने की प्रक्रिया आरंभ हो सके।

उसी दिन क्रिस्टीन ने शाम को मुझे बताया कि एंजेलिना की तबीअत कुछ ठीक नहीं है।

"क्या हुआ?" मैंने घबराकर पूछा।

"हल्का बुख़ार है"

"लापरवाही मत करना, ज़रा भी दिक्क़त लगे तुरंत डॉक्टर को दिखाना"

"हाँ" बोलकर क्रिस्टीन ने फ़ोन रख दिया।

रात को मैंने क्रिस्टीन को व्हाट्सएप में पूछा" कैसी तबीअत है एंजेलिना की?"

"बुख़ार तेज़ हो गया है"

"तो डॉक्टर को दिखाओ"

"बारिश तेज़ हो रही है बस रात कटे तो कल सुबह दिखाते हैं"

क्रिस्टीन की बातों ने मेरी चिंता बढ़ा दी थी। मैं रातभर करवटें बदलता रहा। सुबह मेरे दिये गये संदेशों का क्रिस्टीन ने जवाब नहीं दिया। ऑफ़िस पहुँचकर मैंने पहला फ़ोन क्रिस्टीन को लगाया।

"मैसज का जवाब क्यों नहीं दे रही थीं?"

"मैंने देखे ही नहीं। सरकारी अस्पताल आयी हूँ। कोई प्राइवेट डॉक्टर देखने को तैयार नहीं है, कहता है कि पहले कोविड टेस्ट कराओ"

"तो करवा लो"

"हाँ! तो उसी के लिए सरकारी अस्पताल आयी हूँ। मैं तुमसे बाद में बात करती हूँ"

"ठीक"

शाम को क्रिस्टीन ने मुझे फ़ोन करके बताया की एंजेलिना की कोरोना रिपोर्ट

पॉजिटिव आयी है और उसे एक कोविड अस्पताल के फ़ीमेल आइसोलेशन वार्ड में शिफ़्ट कर दिया गया है। क्रिस्टीन फ़ोन पर सुबक रही थी।

“सोमेश, एंजेलिना की हालात ठीक नहीं है, उसे वेंटिलेटर पर रखा गया है”

“तुम चिंता मत करो, सब ठीक हो जायेगा। मैं अभी निकलता हूँ देहरादून के लिए”

“कोई फ़ायदा नहीं है, एंजेलिना को आइसोलेशन में रखा गया है। हममें से कोई मिल नहीं सकता”

“तुमने अपना टेस्ट कराया?”

“हाँ! मेरी रिपोर्ट निगेटिव आयी है”

“चलो ये अच्छा है। भगवान पर भरोसा रखो, एंजेलिना जल्दी ही ठीक हो जायेगी”

उधर दूसरी तरफ़ क्रिस्टीन लगातार रोयी जा रही थी।

लॉकडाउन पेजेस

26

"क्या बात है? तुमने मुँह क्यों सड़ा रखा है?" मुझे पता ही नहीं चला कि कब अर्चना मेरे पीछे आकर खड़ी हो गयी।

"ऐसा क्यों बोल रही हो?"

"नहीं मैं ऑब्जर्व कर रही हूँ कि जब से मेरी प्रेगनैन्सी की ख़बर तुम्हें मिली है, तुम मुँह सड़ाये हो"

"वो बात नहीं है"

"तो क्या बात है? आज तुम्हें मुझे बताना होगा"

"तुम सुन नहीं पाओगी"

"मैं सब सुन लूँगी, तुम बोलो"

"अर्चना मेरे दिल पर एक बोझ है जो आज मैं तुम्हें बताकर हल्का करना चाहता हूँ"

"अब तुम भूमिका ही बनाते रहोगे या कुछ बोलोगे भी"

"सुनो मेरी एक बेटी और है जो अभी देहरादून में कोरोना अस्पताल में भर्ती है। उसकी तबीअत बहुत ख़राब है और वो लाइफ़ सपोर्ट पर है" कहते हुए मेरा गला रूंध गया था।

"तुम्हारी बेटी?..." अर्चना ने आश्चर्य से पूछा।

"हाँ तुमसे विवाह से पहले... मेरे क्रिस्टीन नाम की एक महिला से बँधसम्बंध रहे। उसी से मेरी एक बेटी भी है जो इस समय देहरादून में कोरोना अस्पताल में भर्ती है और लाइफ़ सपोर्ट पर है।

"माँ जी...." मेरे इतना कहते ही अर्चना आँखों में आँसू भर कर चिल्लायी।

"माँ को परेशान करने की ज़रूरत नहीं। माँ को इस बारे में कुछ नहीं पता"

"तुमने उससे शादी क्यों नहीं की?"

"वो मुझसे दस वर्ष बड़ी थी, क्रिश्चियन थी और तलाक़-शुदा थी, घर में कोई राज़ी नहीं होता हमारी शादी के लिए"

"वाह! क्या कैरेक्टर है तुम्हारा! और तारीफ़ करनी पड़ेगी तुम्हारी कि इतने सालों तक तुमने मुझे भनक भी नहीं लगने दी। तो यही मीटिंग करने तुम देहरादून गये थे?"

"हाँ! उस दिन एंजेलिना का बर्थ-डे था"

"मैं कल सुबह गोलू को लेकर यहाँ से चली जाऊँगी। तुम जैसे कैरेक्टरलेस व्यक्ति के साथ मुझे अपना बच्चा नहीं पालना"

"कहाँ जाओगी? अपने पापा के पास?"

"मैं ज़हन्नुम में जाऊँ; तुमसे क्या?" अर्चना के अंदर की स्त्री जाग गयी थी।

"तुम प्रेग्नेंट हो, कम से कम अपने बच्चे के बारे में तो सोचो"

"मेरा बच्चा मेरी ज़िम्मेदारी है, तुमसे कोई मतलब नहीं है" अर्चना ने दाँत पीसते हुए कहा।

इसके बाद बोलने को कुछ था नहीं, मैं अलग कमरे में जाकर लेट गया। मुझे लगा कि कल सुबह जब मैं उठूँगा तब अर्चना जा चुकी होगी या जाने की तैयारी कर रही होगी पर ऐसा कुछ नहीं हुआ। सुबह जब मैं उठा तो मेरे सिरहाने चाय का कप रखा हुआ था। अर्चना रोज़ की तरह अपनी दिनचर्या में व्यस्त थी।

"गोलू पापा से कह दो उठें, ऑफ़िस के लिए लेट हो रहा है"

"पापा उठो, ऑफ़िस के लिए लेट हो रहा है" गोलू ने अपनी मम्मी की बात दोहराते हुए कहा।

मैं उठा और चाय पीने लगा। अर्चना भावविहीन चेहरे के साथ काम करती जा रही थी। उससे कुछ कहने की हिम्मत मुझमें नहीं थी। मैं तैयार होकर ऑफ़िस निकल गया। क्रिस्टीन ने मुझे बताया कि एंजेलिना की हालात में अब सुधार है पर वो अभी भी ऑक्सीजन-सपोर्ट पर है। एंजेलिना की ख़राब तबीअत मेरे लिए चिंता का कारण बनी हुई थी। रह-रहकर मेरे ज़ेहन में उस बच्ची की छवि

घूमती है जो मुझे विचलित कर जाती है। इधर अर्चना की नाराज़गी से भी मेरा मन बेचैन है। ऑफ़िस से निकलते समय मैंने क्रिस्टीन से फ़ोन पर ऐंजेलिना का हाल पूछा तो क्रिस्टीन ने बताया की डॉक्टर ने ऐंजेलिना की हालत को स्थिर बताया है पर ख़तरा अभी पूरी तरह टला नहीं है। ऐंजेलिना के फेंफड़े में संक्रमण है जिसकी वजह से फेंफड़े पर एक जैलीनुमा पदार्थ की परत जम गयी है जिससे ऑक्सीजन शरीर में पर्याप्त मात्रा में नहीं पहुँच रही है। कभी-कभी हालात ऐसे हो जाते हैं कि आप चाहकर भी कुछ नहीं कर सकते सिर्फ़ भगवान को मना सकते हैं।

"तुम दोनों के बीच झगड़ा हुआ है क्या?" मैं घर पहुँचा तो माँ ने मेरे और अर्चना के बीच मौन को भांपते हुए कहा।

"नहीं माँ जी ऐसा कुछ नहीं है....."अर्चना में मेरे सामने चाय का कप रखते हुए एक झूठी मुस्कान ओढ़ते हुए कहा।

"तो तुम लोग बातचीत क्यों नहीं कर रहे?"

"अब आप ही बताइये माँ जी... रोज़-रोज़ ऑफ़िस से इतना लेट आना क्या ठीक है?... मैंने बस इतना कहा था कि ऑफ़िस से थोड़ा जल्दी निकला करो बस इसी में ये बिफर गये"

"अर्चना ठीक कह रही है बेटा... थोड़ा अपनी सेहत का भी ख़याल रखो"

"जी" मैंने कहा और एक नज़र अर्चना पर डाली। अर्चना ने मुँह फेर लिया था।

मैं डिनर के बाद अपने कमरे में आया तो अर्चना को दूसरी तरफ़ मुँह करके लेटे हुए पाया।

"थैंक यू" मैंने हल्के से अर्चना को कहा।

"अपना थैंक यू अपने पास रखो और मुझसे बात करने की कोशिश मत करो" अर्चना ने स्त्री सुलभ क्रोध से कहा तो मैंने चुप रहना ही उचित समझा।

"वैसे कैसी है तुम्हारी बेटी... बस इंसानियत के नाते पूछ रही हूँ"

"कुछ ख़ास ठीक नहीं है... अभी भी लाइफ़ सपोर्ट पर है पर हालात में सुधार है"

"क्या कह रहे हैं डॉक्टर..."

"डॉक्टर अभी कुछ भी नहीं कह रहे हैं"

"अर्चना....." मैंने अर्चना से बात शुरू करनी चाही।

"कुछ भी बकवास मत करना... मैंने बस इंसानियत के नाते उस बच्ची का हाल पूछा... तुमसे मेरी कोई बात नहीं हो रही है" अर्चना ने तेज़ी से कहा और मुँह फेरकर सो गयी।

लॉकडाउन पेजेस

27

अगले दिन क्रिस्टीन ने मुझे बताया की एंजेलिना की हालत में सुधार है लेकिन अभी पूरी तरह ठीक होने में समय लगेगा। उसे ये बात डॉक्टरों ने बतायी थी। ये मेरे लिए राहत भरी ख़बर थी।

"कब तक डिस्चार्ज कर देंगे?" मैंने कौतूहलवश प्रश्न किया

"कम से कम दस दिन और लगेंगे"

"अच्छा.... तुम लोग अपना ख़याल रखना" मैंने ऐसा बोल कर फ़ोन रखना चाहा।

"अर्चना कैसी है?" क्रिस्टीन ने पूछ लिया।

"ठीक है... मैंने कल उसे सब सच बता दिया.." मैंने कहा तो एक पल के लिए सन्नाटा छा गया।

"क्या रिएक्शन था उसका?"

"वही जो होना चाहिए"

"ओह! थोड़ा रुक जाते... ये तो सोच होता कि वो प्रेग्नेंट है"

"एंजेलिना की तबीअत को लेकर मैं बहुत परेशान था, और अर्चना को लग रहा था कि मैं उसकी प्रेग्नैन्सी को लेकर ख़ुश नहीं हूँ तो मुझे सब -सच बताना पड़ा"

"उसे मनाने की कोशिश करो, उसे बताओ कि मैं और एंजेलिना उसकी ज़िन्दगी में कभी नहीं आयेंगे"

"ऐसा मत कहो तुम दोनों भी मेरे अपने हो और एंजेलिना को तो मैंने उसका हक़ दिलाने का वादा किया है"

“भूल जाओ वो सब और अपना परिवार देखो, एंजेलिना को मैं समझा दूँगी”

“नहीं, एंजेलिना जल्द ठीक हो जाये फिर मैं उससे मिलने आऊँगा”

“चलो अपना और अर्चना का ख़याल रखना” क्रिस्टीन मुझसे बहस नहीं करना चाहती थी इसीलिए उसने ऐसा बोलकर फ़ोन रख दिया।

अर्चना का मेरी और व्यवहार ठंडा ही बना हुआ था। वो नित्य अपना काम करती, मुझे ड्यूटी भेजती, माँ का ख़याल रखती पर एक उदासी उसे सदैव घेरे रहती। मैंने कई बार उससे बात करने की कोशिश की पर हर बार निराशा ही हाथ लगी। मुझे उसको लेकर बहुत चिंता होने लगी थी। इधर दस दिन बीतने के साथ ही एंजेलिना घर आ गयी थी और मुझे उससे मिलने जाना था। मैंने ये बात हिम्मत करके अर्चना के सामने रखी।

“मुझे कल देहरादून निकलना है... एंजेलिना घर वापस आ गयी है और मैं उससे मिलने जाना चाहता हूँ”

“मैं भी चलूँ तो”

“तुम क्या करोगी चलकर, तुम्हारे लिए इतनी लम्बी यात्रा ठीक नहीं होगी”

“मैं अपना ख़याल ख़ुद रख सकती हूँ” अर्चना ने बेरूख़ी से कहा।

“यहाँ माँ को कौन देखेगा?”

“माँ को भी ले चलते हैं, वो भी तुम्हारी हरकतें जाने” अर्चना ने तंज़ कसा।

“ऐसा मत बोलो”

“क्यों न बोलूँ... अरे तुम्हारी माँ हैं, तुम्हारी पहली संतान से मिलकर उन्हें ख़ुशी होगी” अर्चना ने फिर तंज़ कसा।

मैंने कोई प्रतिक्रिया नहीं की।

“चलो मैं भाई को बोल दूँगी वो रुक जायेगा, लेकिन मैं ज़रूर साथ चलूँगी”

अर्चना ने माँ को बताया कि उसकी दूर की मौसी जो देहरादून में रहती हैं, वो बीमार हैं, और हम लोग उनसे मिलने जा रहे हैं।

मैंने जब क्रिस्टीन को ये बात बतायी तो उसके आश्चर्य का ठिकाना नहीं रहा।

"उसे क्यों ला रहे हो, वो प्रेग्नेंट है, यहाँ पहाड़ों की चढाई है, कहीं कुछ ऊँच- नीच हो गयी तो?"

"मैंने बहुत कहा पर वो नहीं मान रही है"

"अच्छा.. आने दो"

"मुझे उसके साथ आने का मक़सद समझ नहीं आ रहा" मैंने क्रिस्टीन से कहा।

"मतलब साफ़ है वो तुम्हें मेरे साथ अकेले नहीं छोड़ना चाहती" कहकर क्रिस्टीन अपनी उन्मुक्त हँसी हँसने लगी।

"हाँ यही बात होगी पर अगर उसने कुछ उल्टा- सीधा बोला तो?"

"उसका हक़ बनता है यार... बोलने दो" कहकर वो और जोर से हँसी। ऐसे गम्भीर मुद्दे पर भी क्रिस्टीन की हँसने की क्षमता पर मैं हतप्रभ था।

"उसको आने दो... मैं सँभाल लूँगी" क्रिस्टीन ने मुझे आश्वत करने की मंशा से कहा।

"तुम ऐसे गम्भीर समय पर भी कैसे इतनी आश्वत रह सकती हो? तुम्हें डर नहीं लगता कि तुम और अर्चना आमने- सामने होंगे, कहीं उसने कुछ उल्टा- सीधा बोल दिया तो?"

"मैंने कहा न तुम ये सब मुझ पर छोड़ दो... अब तुम आराम करो, कल तुम्हें जल्दी लम्बी यात्रा करनी है" कहकर क्रिस्टीन ने फ़ोन रख दिया।

कल सुबह मुझे देहरादून के लिए निकलना है, अर्चना मेरे साथ होगी। उसके मेरे साथ आने का मक़सद मुझे समझ नहीं आ रहा है बस ईश्वर से यही मना रहा हूँ की सब ठीक रहे।

28

मेरे लिए ये बहुत विचित्र स्तिथि थी। अर्चना और क्रिस्टीन आमने- सामने थे। मैं कुछ दूर पर एंजेलिना के साथ बैठा हुआ था। अभी तक न अर्चना ने क्रिस्टीन से कुछ बोला था और न ही क्रिस्टीन ने अर्चना से, दोनों दूसरे के पहल करने का इंतज़ार कर रहे थे। आख़िर क्रिस्टीन ने ही पहल की-

"चाय लीजिये" क्रिस्टीन ने अर्चना को चाय का कप थमाते हुए कहा तो मैंने क्रिस्टीन और अर्चना के चेहरे पर औपचारिक मुस्कान देखी।

"और बच्ची कैसी है?" मेरी आशा के विपरीत अर्चना ने भी बात शुरू की।

"ठीक है" कहते हुए क्रिस्टीन ने आँखों से मेरे पास बैठी एंजेलिना की ओर इशारा किया तो अर्चना ने एक नज़र घूम कर एंजेलिना को देखा।

"बहुत सुंदर बच्ची है" मानो अर्चना के मुँह से अनायास ही निकल गया हो।

इस पर क्रिस्टीन ने कहा कुछ नहीं बस एक नज़र मुस्कराकर मुझे देखा।

"बहुत इच्छा थी आपसे मिलने की, आज वो भी पूरी हुई" क्रिस्टीन ने कहा और चाय पीने लगी। कुछ देर तक दोनों और ख़ामोशी थी।

"मुझे अभी कुछ ही दिनों पहले पता चला कि......" बोलते- बोलते अर्चना रुक गयी थी पर क्रिस्टीन ने उसकी बातों का मर्म जान लिया था।

"तुम मुझे अपनी बड़ी बहन मानो और ये मैं तुम्हें यक़ीन दिलाती हूँ कि मेरी तरफ़ से तुम्हें कोई दिक्क़त नहीं होगी। सोमेश तुम्हारा पति है और तुम्हारा ही रहेगा" क्रिस्टीन एक साँस में सब बोल गयी थी। मैंने नज़र उठाकर क्रिस्टीन और अर्चना को देखा।

"जानती हूँ कि आप कभी हमारी गृहस्थी में नहीं आयेंगी क्योंकि अगर

ऐसा होता तो पिछले दस वर्षों में आप हस्ताक्षेप ज़रूर करतीं पर आप ने ऐसा कुछ नहीं किया। अगर बच्ची को कोरोना न हुआ होता तो मुझे पता भी न चलता कि.....” अर्चना ने फिर बात अधूरी छोड़ दी थी।

“मैंने सोमेश को कई बार समझाया कि तुम्हारा एक बसा- बसाया परिवार है, समाज में इज्जत है, रूसूख़ है और मैं और एंजेलिना तो बस उसके जीवन का काला अध्याय हैं जिसे उसे किसी के सामने भी नहीं खोलना चाहिए” मैं देख रहा था की क्रिस्टीन बोलते- बोलते भावुक हो रही थी। मैं कुछ बोलता इसके पहले ही अर्चना बोल पड़ी।

“अरे नहीं ऐसा मत सोचिए .... मेरा इरादा आपको हर्ट करने का नहीं था”

“मैं हर्ट हूँ भी नहीं... मैं बस सच कह रही थी। मैं समय रहते सोमेश के जीवन से इसलिए निकल गयी थी क्योंकि मैं नहीं चाहती थी कि मेरा कोई प्रभाव उसके उज्जवल भविष्य पर पड़े और आगे भी नहीं पड़ने दूँगी”

“सोमेश एंजेलिना को लेकर बहुत भावुक है, मैंने उसे इतना भावुक किसी के लिए नहीं देखा” अर्चना ने कहा

“एंजेलिना पितृ सुख से वंचित लड़की है और सोमेश तो शुरुआत से ही भावुक है इसीलिए तो पड़ गया मेरे चक्कर में” कहते हुए क्रिस्टीन जोर से हँसी तो अर्चना ने भी साथ दिया।

अर्चना ने हाथ के इशारे से एंजेलिना को अपने पास बुलाया तो मैंने डरती हुई एंजेलिना की पीठ पर हाथ रखकर उसे अर्चना के पास जाने का हौसला दिया।

“तुम तो बिल्कुल गुड़िया जैसी हो” अर्चना ने एंजेलिना के चेहरे पर हाथ रखते हुए कहा।

“मैं आपको क्या कहकर बुलाऊँ?” एंजेलिना ने तपाक से प्रश्न दागा तो एक पल के लिए अर्चना ख़ामोश हो गयी।

“तुम मुझे छोटी माँ कहकर बुला सकती हो”

“छोटी माँ?” एंजेलिना ने दोहराया और अपनी उन्मुक्त मुस्कान बिखेर दी।

मैंने अर्चना से आँख मिलायी तो अर्चना ने बड़े जतन से अपनी होंठों

की मुस्कान को आखों तक आने से रोक लिया, जैसे मेरे सामने अपनी झूठी नाराज़गी ज़ाहिर करना चाह रही हो। मैंने मन ही मन अर्चना को धन्यवाद दिया।

लॉकडाउन पेजेस

29

मुझे पता है कि मेरा और अर्चना का रिश्ता अब कभी सामान्य नहीं रहेगा। अपने जीवन में एक परस्त्री के होने का दंश उसे हमेशा सालता रहेगा पर मैं ख़ुश हूँ कि अब मैं अपनी बेटी से जब चाहें मिल सकूँगा। एंजेलिना को उसके पिता का प्यार मिल सकेगा। एंजेलिना के उज्जवल भविष्य के लिए यह अति आवश्यक है। जहाँ तक क्रिस्टीन की बात है वो तो मेरे लिए पहले ही अपना सर्वस्व कुर्बान कर चुकी है। अब मेरा फ़र्ज़ बनता है कि जब उसको और एंजेलिना को मेरी ज़रूरत है तो मैं उनके साथ खड़ा हूँ। कभी-कभी मैं गोलू और अपनी आने वाली संतान के लिए सोचकर परेशान हो जाता हूँ कि जब उनको यह पता लगेगा कि मेरे जीवन में उनकी माँ के इलावा भी कोई है तो न जाने मेरा कैसा चरित्र-चित्रण वो अपने मन में करें।

रात काफ़ी हो चुकी थी पर मुझे नींद नहीं पड़ रही थी। मैं क्रिस्टीन के लॉन में पड़ी बेंच पर अपने अतीत, वर्तमान और भविष्य की ऊहापोह में डूबा हुआ था।

"क्या सोच रहे हो सोमेश बाबू?" पीछे से क्रिस्टीन ने आवाज़ लगायी।

"आओ बैठो" मैंने हाथ से क्रिस्टीन को बैठने का इशारा किया

"तुम्हारे पास बैठूँ तो तुम्हारी साहिबाँ नाराज़ तो न हो जायेंगी" क्रिस्टीन ने अपने ही अंदाज़ में कहा और मेरे नज़दीक आकर बैठ गयी।

"अर्चना गहरी नींद में सो रही है और मुझे नींद नहीं आ रही है सो उठकर चला आया"

"ऐसा क्या है जो आपको सोने नहीं दे रहा है"

"मैं सोच रहा था कि जब मेरे बच्चों को पता चलेगा कि मेरे जीवन में उनकी

माँ के इलावा भी कोई है तो जाने मेरा कैसा चरित्र-चित्रण अपने मन में करें”

“इसीलिए मैंने तुम्हें मना किया था। कुछ निर्णय भावावेश नहीं लिये जाते पर अब बहुत देर हो चुकी है”

“नहीं मुझे अपने निर्णय पर कोई अफ़सोस नहीं है और मेरे बच्चे जब बड़े होंगे तब शायद वो मुझे समझें। मैं तो इस बात पर भी तैयार था कि शायद मेरी सच्चाई जानने के बाद अर्चना मुझे छोड़ कर चली जाये”

“वो तुम्हें कभी नहीं छोड़ेगी। इस समय वो तुमसे नाराज़ ज़रूर है पर शायद वो भी तुम्हारी मजबूरी समझती है”

“लेकिन मेरा और अर्चना का रिश्ता अब कभी पहले जैसा नहीं रहेगा”

“वक़्त बड़े से बड़े ज़ख़्म का मरहम है इसीलिए ज़्यादा मत सोचो”

“सही कह रही हो अब इन ‘लॉकडाउन पेजेस’ को यहीं समाप्त कर देना चाहिए और न सिर्फ़ हमारे परिवार के लिए अपितु समस्त मानव जाति के लिए सुंदर भविष्य की प्रार्थना करनी चाहिए” मैंने कहा तो प्रतिउत्तर में क्रिस्टीन ने सर हिलाया।

“अब चलो सो जाओ वरना अगर अर्चना ने तुम्हें मेरे साथ देख लिया तो नाहक़ अपना मन दुखी करेगी” क्रिस्टीन ने कहते हुए मुझे कोहिनी मारी।

“चलो” कहते हुए मैंने क्रिस्टीन से रात की विदा ली।

समाप्त

 लॉकडाउन पेजेस

www.ingramcontent.com/pod-product-compliance
Lightning Source LLC
Chambersburg PA
CBHW020350160726
47987CB00022BA/2488